《古风吹来的记忆——遂川民间故事》编辑委员会

主　　任：刘大春
副 主 任：邱秀华
委　　员：林文平　郭昭洋　黎育清
　　　　　吴爱明　方　菲　周　翔
主　　编：周　翔
副 主 编：张常开　郭　娟
责任编辑：蓝万根
书名题字：张常开
校　　对：吕　琳

"大美遂川·中国茶都"系列之

古风吹来的记忆

——遂川民间故事

遂川县文化馆 编

江西人民出版社
Jiangxi People's Publishing House
全国百佳出版社

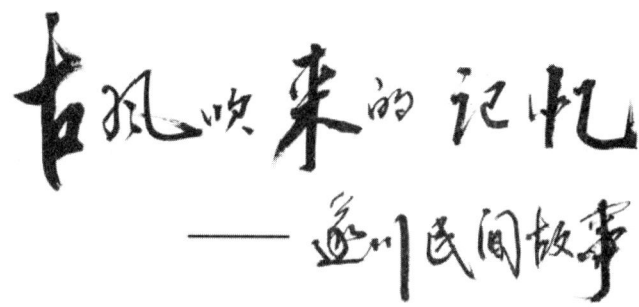

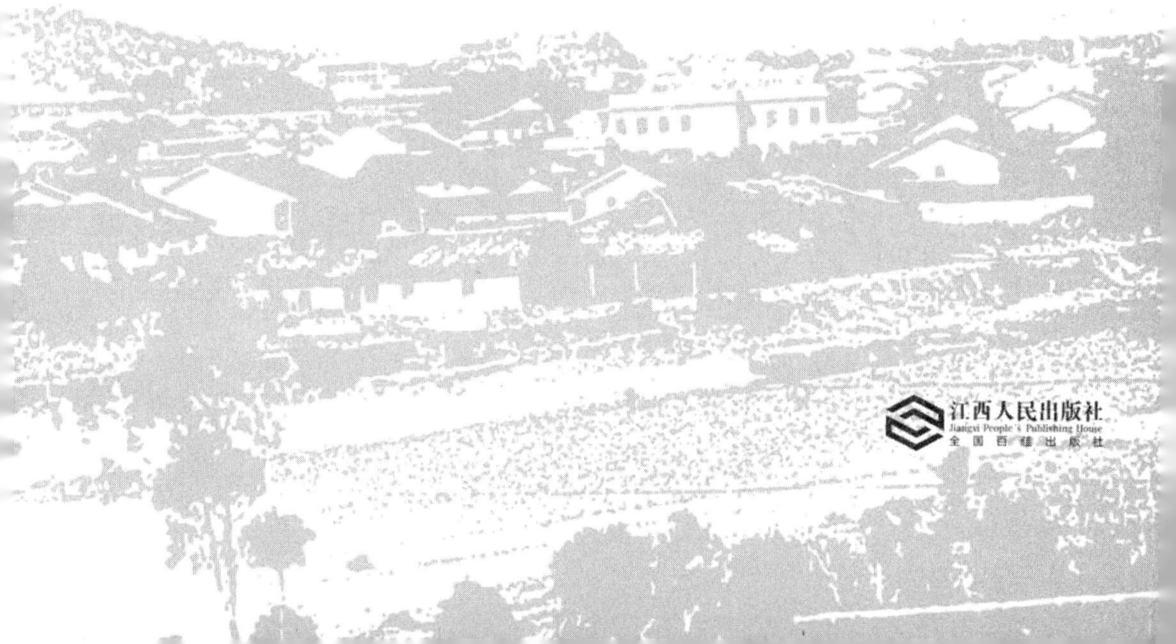

图书在版编目（CIP）数据

古风吹来的记忆：遂川民间故事/遂川县文化馆编.
—南昌：江西人民出版社，2016.7
 ISBN 978-7-210-08625-3

Ⅰ.①古… Ⅱ.①遂… Ⅲ.①民间故事—作品集—遂川县 Ⅳ.① I277.3

中国版本图书馆 CIP 数据核字 (2016) 第 174339 号

古风吹来的记忆：遂川民间故事
遂川县文化馆 编
责任编辑：吴艺文
封面设计：同昇文化传媒
出　　版：江西人民出版社
发　　行：各地新华书店
地　　址：江西省南昌市三经路 47 号附 1 号（邮编：330006）
编辑部电话：0791—86898470
发行部电话：0791—86898893
网　　址：www.jxpph.com
2016 年 8 月第 1 版　2016 年 8 月第 1 次印刷
开　　本：787 毫米 × 1092 毫米　1/16
印　　张：14
字　　数：200 千
ISBN 978-7-210-08625-3
赣版权登字—01—2016—446
版权所有　侵权必究
定价：38.00 元
承印厂：南昌市彩艺印刷有限公司
赣人版图书凡属印刷、装订错误，请随时向承印厂调换

前 言

遂川县位于赣西南边境，罗霄山脉中段东侧。东邻万安县，南界上犹、南康县，西连井冈山市和湖南省桂东县，北接泰和县。全县3168平方公里，辖23个乡镇，60万多人口。

遂川，古属贡扬州之城，春秋属吴，战国属楚，秦属九江郡，汉属豫章郡庐陵县，东汉建安四年（公元199年）孙策定庐陵，建县于遂水之口（今万安县云洲），名遂兴，后改为新兴、龙泉、泉江县等，直至民国三年改为遂川县，建县至今已有1816年的文明历史。因此，遂川县的民间文学蕴藏量颇为丰富。

民间文学是我国民族文化宝库的一个组成部分。它记载了各个历史发展阶段的社会生活、风俗习惯、道德信仰以及山川名胜的美丽传说。它是劳动人民所创造、所传播的文学，主要反映人民群众的生活和思想感情，具有显著的人民性特点。许多民间故事、民间传说的内容，具有非常鲜明的阶级观、是非观、道德观、正义观，对于建设社会主义精神文明有一定的现实意义。

为了继承和发展这部分文化遗产，我县从1983年7月起，开始了民间文学的普查工作。在县委宣传部、县文化广播电视新闻出版局的重视和领导下，我们组成了"民间文学编写组"深入乡村调查采访，同时向全县征稿，充分发挥业余文学爱好者的骨干作用，鼓励他们就地开展普查、搜集整理工作。蒙广大民间文学爱好者的大力支持，共收集民间文学稿件近300篇，约30万字。现将多年来征集的作品选编成这本《古风吹来的记忆》，共99篇，约15万字。在此，谨向直接参与民间文学普查工作的同志以及那些热情接待采访的讲述者和热心投稿的作者，致以深切的谢意。

　　此书是全县民间文学工作者共同劳动的成果。先后参加编辑工作的同志有肖鸣柳、黄献华、张炳玉、张修权、彭义福、邹源等同志。

　　由于我们水平所限，本书纰漏一定颇多，恳请专家和读者指正。

编　者

二〇一五年十二月

目录

红色故事

毛委员赔红薯	李梓文	2
毛委员夜宿草林恒昌客栈	郭赣生	4
井冈烽火中的楹联	何小文	6
苏区轶闻（二则）	肖鑫光	9
欧阳武印象	万常茂	11
县长下老鼠药	刘述涛	13

人物传说

郭维经的故事	张修权	18
郭维经公堂惩奸	张炳玉	20
郭维经为龙泉县免粮	蓝万根	27
周埙有志中进士	梁传铧	29
"名邦街"的来历	王光旭	31
增加天	黄献华	32
岳飞借兵仙人庙	古可木	34
刘关张三结义	郭大伦	36
钟昌泰的传说	黄献华 黄士翔	39
机智过人的赖长子	蓝万根 李辉煌	43
"智多星"智斗黄老板	李 旋	49

特产传说

茶道	刘述涛	52
狗牯脑茶传说	蓝万根	55
金琚——金橘	张修权	57

板鸭的传说	刘述涛	59
香　菇	彭义福	62
冬　笋	樊命生	64

风物传说

白水仙传说	郭赣生	66
七姐侍母	钟云峰	68
热水洲传说	刘述涛	69
热水洲"爱情天梯"的传说	郭相焕 古志雄	71
天子地	刘述涛	74
力大无穷的"郭家将"	郭春伦	77
高坪五指峰的传说	李观平	79
仙人井	黄堪桢	83
雩溪古塔传说	邹　源	86
鹤堂仙的传说	廖宣书	87
米石岩	张炳玉	89
葛仙崖	肖　桥	92
石人公和石人婆	张修权	96
石妖显形	吴桂淦	98
断臂石怪	肖瑞麟	100
"蚊蚴"石	邹锦彪	101
雷劈石狮嘴	古志雄	102
斗笠岭上降蛇精	郭春伦	103
米岭和花竹洞	蓝先煌	105

动植物故事

樟楠柏梓	张修权	108
井冈杜鹃恋青松	钟云峰	110
苦楝四月开花、旺竹六月暴笋	肖　桥	111
杨梅树开花	彭义福	112
蟹的故事（二则）	何　斌	113

爱憎分明的小燕子	周 濂	116
改恶从善	方世宏	118
竹蛤传奇	刘述涛	119
苦呀鸟	刘礼柱	124
蟾蜍送宝	古 风	126
老虎看筒车	郭昭塘	129
"千嘴妇人"的传说	刘 斌	131

美德故事

公平与交易	吴崇泉	134
兄弟分家	李辉煌	136
腊肉发蛆	刘 任	138
瞎眼兄弟	黄献华	139
一个善良的人	何 斌	141
花花泡水情难舍	瞻 仰	143

社会故事

谎狗儿	罗秋敏	146
当铺老板苦演"柜中缘"	张炳玉	151
吥啾	蓝万根	154
伍财主重奖吉利言	方世宏	156
妙语戏双愚	张炳玉	158
师徒算命	蓝万桂	161
巧媳妇智斗刁佬	刘礼柱	164
放牛郎奇遇良缘	何 斌	166
哑谜征婚	周 濂	168
"衙前"名称的由来	彭义福	169
乾隆暖洞房	黄献华	170
兴宝中状元	蓝万根	171
村嫂巧难小篾匠	李昭华	174
才女救夫	赖增芬	176

三同年	蓝万桂	178
张哑亏智戏县太爷	刘红梅	181
聪明的老二兄弟	彭学标	183
兄弟谋财	陈 飞	186
自食恶果	李昭华	187
以老换青	蓝方兴	190
黄巢与葛藤	周 濂	191
圣贤愁	张炳玉	192
点心	蓝万根	193
用罾捕鱼的来历	蓝方兴	194
拦鱼坝	瞻 仰	196
遭屎壳郎死	蓝方兴	198

趣联笑话

油坊趣对	陈 飞	200
龙泉轿对	钟云峰	201
鬼见怕	黄献华	202
老虎唔怕就怕漏	邹 源	203
命该吃粥	邹 源	205
阿古上门	万常茂	207
不宜动土	刘德海	208
骑驴背米	冯贤桂	209
贪官	冯贤桂	210
俩妯娌比孝心	周 濂	211
请客鸟	邹 源	212
急性子	梁电华	213
油盐辣椒姜	刘桂宝	214

古风吹来的记忆——遂川民间故事
GuFeng ChuiLaiDe JiYI

红色故事

毛委员赔红薯

毛委员夜宿草林恒昌客栈

井冈烽火中的楹联

苏区轶闻（二则）

欧阳武印象

县长下老鼠药

毛委员赔红薯

李梓文 搜集整理

1928年8月,毛委员率领红军大队回师井冈山。一天,先头部队来到遂川县戴家埔境内的一个小山坳里,由于红军战士又饥又渴,挖了老表地里的红薯吃,人多手多,不一会儿工夫,一大块地的红薯被挖去了三分之二。大家正在大口大口地吃红薯时,毛委员随着大部队来到了。

见此情景,毛委员命令把先头部队的全体干部战士集合起来。指着各人手中的红薯问:"这是怎么回事?"几位干部面带羞色地从队伍里站出来回答说:"战士们还是昨天晚上吃了点稀饭,饿得实在支撑不住了,才……"

毛委员听了几位干部的回答,又看了看被战士们挖过的红薯地,沉默了一会后,语重心长地说:"同志们,我对不起你们,没能关心好你们的生活,但你们这样做是不大好的。我们是人民的军队,与国民党的军队是截然不同的。遵守群众纪律,做好群众工作,是我军的政治任务……"

全体干部战士听着听着,难过地低下了头,毛委员接着问:"现在挖了老表的红薯,大家说说应该怎么办?"

话音刚落,全体干部战士便议论开了。有的说要赔,有的说红薯的主人是谁都不清楚,赔给谁?干脆算了吧。

毛委员沉思了片刻后说:"我们挖了老表的红薯吃了,不但要赔,而且要如数赔,这是我们的纪律。"说罢回头问司务长:"现在的红薯是多少钱一百斤?"司务长回答说:"二吊五百钱。"毛委员估算了一下，要司务长拿出了六吊钱。

这里远离村庄，钱赔给谁？送到哪里去？正当大家还在苦苦思索时，只见毛委员把六吊铜钱接了过去，如此这般地安排好，便率部队继续前进了。

再说，那块红薯地的主人张龙生来到红薯地里，见辛辛苦苦栽的红薯又被人挖了，顿时火从心上起，气往脑门冲，没好言地骂了一通。心想，去年在这里挖红薯时，被陈书勋一帮匪兵硬是成担地抢走，同他们讲理，反而挨了两枪头，谁料今年又……唉，自认倒霉。他无精打采地东一镐西一锄地往红薯地里挖，捡回几个红薯了事。他挖呀，挖呀，在山脚边一颗红薯蔸下却挖出了一个小布包。张龙生连忙捡起，小心翼翼地打开一看，跃入眼帘的竟是黄澄澄的六吊铜钱。

张龙生暗自庆幸：真是苍天有眼，红薯被人挖了，却挖到了六吊铜钱，足矣。

可是，在他拿起这六吊钱时，中间却夹着一张小字条，这小字条把张龙生难住了，左看右看也看不出一点名堂。他来回走了几圈，眉头一扬，自己邻屋不是有个堂叔，能认得些字吗，大家都叫他"秀才"，何不拿回去给他看看。

于是，张龙生丢下了锄头，拿着铜钱和小字条径直往"秀才"家里跑，"秀才"看过字条后说，是红军路过时挖了红薯充饥。因不知道红薯是谁家的，且又任务在身，一时无法来找主人，便将这六吊钱埋在了红薯蔸下，作为赔偿红薯主人的损失，这张条子是毛泽东写的。

张龙生平时很少出门又没文化，对毛泽东是个什么人不清楚，只是听人说过，井冈山那边有个毛委员很好，是向着穷人的。

"秀才"见张龙生还愣在那里，以为没听懂，告诉他，这铜钱是平时大家说的那个毛委员赔的。

张龙生激动不已，啊！这铜钱乃是红军……红军……毛委员……

后来，毛委员赔红薯这件事，便广泛流传开了。人人都说，毛委员埋铜钱，赔红薯，事虽小，却看出了红军纪律的严明。

毛委员夜宿草林恒昌客栈

郭赣生　搜集整理

1928年1月,中国工农红军攻占遂川县城。有一天,夕阳刚刚下山,西天边上,抹着一片绯红色的晚霞。这时,一位身材高大的中年人,身穿灰色旧军装,挎个大布袋,走进了草林镇的恒昌客栈,满面笑容地问:"老板,有床位没有?"老板吴亮宗连忙点头回答道:"有,有,有!"说着立刻把这位中年人引进一间小屋里。这时,吴亮宗发觉跟着中年人进店的,还有一位年纪很轻的小红军,便安排他在隔壁房间住下。

这天晚上,落店的还有七八个挑担子的"足客"。吃罢饭,都坐在店堂里,一面"吧嗒!吧嗒!"地吸着生烟,一面谈论着生意行情。一会儿,这位中年人也笑笑地坐过来跟"足客"们攀谈,一直畅谈到深夜。"足客"先后进店睡觉了,中年人也回到自己小屋里,坐在一张小方桌旁,在黯淡的茶油灯下,聚精会神地一面看书、一面写着。又过了好大一会儿,他才熄灯睡觉。

夜深了,窗外是一片银白月光,满天繁星闪闪。到了鸡啼一更,吴亮宗不满周岁的孩子秋生突然发起高烧来,一睁眼便哇哇哭叫。秋生娘左哄右抚,孩子总是不合眼,不住嘴。吴亮宗烦躁得心如乱麻,坐不是,立不是,担心孩子,又生怕惊扰客人,心里忐忑不安。正在这时,忽听有人轻敲房门。吴亮宗以为是住客抗议来了,急忙开门一看,却是这位挺和气的中年人。他小心地走进房来,像医生一样仔细看了看还在大哭大叫的秋生,又摸了摸秋生的头,转身对吴亮宗说:"小孩恐怕是伤风了,我荷包里还有几粒药丸,给他用水送下去,吃后病会好的。"说完，一面掏着荷包，一面说："人小嘛，身子不舒服就会哭，大人怎会知道孩子有病呢！"

吴亮宗见这位中年客人，不但没有因为孩子的哭声吵得睡不好而生气，反而像亲人一样，照看秋生的病，心里充满了感激。秋生娘在旁边还有些踌躇，心想："要真是伤风，几粒药丸就能治好病了？"这位中年人像早已猜透了她的心事，从荷包里掏出一包药来，叮嘱吴亮宗说："看孩子又哭又流鼻涕，很像是伤风，不过这药丸吃下去，不是伤风也不坏事。"吴亮宗又急又喜，赶紧接过药丸，给儿子服了下去。秋生娘抱着儿子，不停地哼着催眠曲："呵！哦！嗡！秋仔要睡觉……"不一会儿，秋生便止住了哭闹，安详地睡着了。直到这时，这位中年人才和吴亮宗打了声招呼，回自己房里去了。

第二天，天刚麻麻亮，窗外柳树林里的画眉、喜鹊、黄莺叽叽喳喳地欢跳着。这位中年人和小红军收拾好行李，准备动身去宁冈，中年人一出房门，碰上了吴亮宗，便亲切地问："小儿子好了一点吗？"吴亮宗咧着嘴笑哈哈地回答："好了，好了！真谢谢你，儿子吃下药丸至今再没哭闹。"中年人听了，会意地笑了笑。随即叫小红军结清住店账。吴亮宗怎么也不肯收下，中年人劝说道："老板，你不把钱收下，我们以后再也不来你店住了！"再三推辞不下，吴亮宗只好把钱接了下来。客人走了好远，吴亮宗才想起来，忘了问他的尊姓大名哩！唉！真是糊涂！

过了三五天，农民协会的刘老头，提着一面铜锣，在屋前院后、街头巷尾转来转去，每当"咣！咣！咣！"地敲完一阵锣，便放开嗓门大声喊着："各位父老兄弟请到万寿宫开会——毛委员来啦！"附近的老百姓，听说毛委员来了，个个眉飞色舞，心里乐开了花。吴亮宗吃罢饭，便随着小镇上的男男女女向万寿宫走去。会场上站满了来自各村的乡民。吴亮宗走进会场，抬头一看，嗨！站在石台上对农民讲话的毛委员，不就是前几天在自己店里住宿，送过药丸给秋生治病的中年人么？！怪不得他那么和气，关心百姓，原来他就是领导中国工农红军为贫苦人民求解放，闹革命的毛委员。

井冈烽火中的楹联

何小文　搜集整理

　　对联，作为中国传统文化的一种艺术表现形式，以其清丽、隽永的词语和精练如诗的文字结构，加上特有的朗朗上口的文化韵味，从而让广大群众喜闻乐见。在井冈山革命斗争时期，老一辈无产阶级革命家常常以写对联的方式或直抒胸臆或鞭挞时政或悼念烈士或欢庆胜利。在那个特定的历史时期，这些有着鲜明政治色彩的对联以其独特的魅力与井冈山革命斗争史紧密联系在一起而成为永恒。

　　时光追溯至1928年1月5日，工农革命军在毛泽东的率领下占领了赣西南重镇——遂川县城。为了更好地发动群众、宣传群众、武装群众，建立政权，实行"工农武装割据"，毛泽东在县城五华书院主持召开了"遂万"两县委的联席会议。根据会议决定，毛泽东直接领导遂川"分兵以发动群众"的工作，同时具体指导遂川工农兵政府的筹建。通过艰苦细致的工作，1月24日，"遂川县工农兵政府"正式挂牌成立。毛泽东欣然命笔，手书一联以示庆贺：

　　想当年你剥削工农，好就好，利中生利；
　　看今朝我斩杀土劣，怕不怕，刀上加刀。

　　寥寥数字，把土豪劣绅的丑恶面目无情揭穿的同时也表明了工农红军维护群众利益的严正立场，对于生活在水深火热的遂川民众来说真是件大快人心的事情啊！

　　也就在这一个月里，奉前委的命令在遂川草林圩做群众工作的士兵曾士峨、党代表罗荣桓正带领宣传队，打起小红旗，拿着小喇叭分头深入到各个村镇角落，开展社会调查，执行群众纪律，特别是通过开展查办黄礼瑞、郭朝宗等几个大土豪、大奸商的店铺和分发他们的浮财等活动，草林圩的民众觉悟有所提高，部队于是在万寿宫召开了群众大会。为了渲染气氛，罗荣桓即兴拟了一联：

为革命而牺牲死当欢笑；

救工农出水火我应勤劳。

毛泽东还在这次群众大会上亲自宣讲红军关于保护中小商人、允许自由贸易、保障合法经营的政策……在场的群众无不啧啧称赞道："毛委员的队伍真是好，真是穷人的救星啊！"

2月中旬，以贺国庆保存的一支枪为基础，莲花县赤色队宣告成立。4月底，莲花县赤色队扩编为红色独立团。这支队伍在血与火的洗礼中逐渐成长壮大，成为边界地方武装的主要力量。

目睹了从一支枪的保存到独立团的发展，时为莲花县委的负责人朱亦岳感慨地写下了这样一副对联：

一根枪支开辟红色政权在今岁；

万民团结推翻黑暗统治属当年。

莲花一支枪的特殊含义以及革命者大无畏的英雄气概和坚定不移的理想信念跃然纸上。

这年的8月，由于湖南省委的错误指导和四军分兵冒进湘南，使红军和边界遭受了严重损失。在这失败阴云的笼罩下，营长袁崇全又生叛逆之心。紧急关头，团长王尔琢为接回被裹胁的两个连队，在崇义县的思顺圩，不幸惨遭袁的毒手含恨捐躯。

四军回到宁冈后，为王尔琢召开了隆重的追悼大会。毛泽东亲拟了一副挽联，表达了红军将士的悲痛和悼念之情。

一哭尔琢，二哭尔琢，尔琢今已矣！留却重任谁承受？

生为阶级，死为阶级，阶级后如何？得到胜利方始休！

时光如白驹过隙，转眼就到了1928年的年底，彭德怀率领的平江起义军经永新，越过七溪岭，于12月10日到达宁冈新城。为了欢迎五军的到来，毛泽东提议在广州暴动一周年纪念日召开会师庆祝大会。

12月14日,庆祝大会如期举行。只见新城西门外的宽阔的稻田上,搭起了一座土台,台上高挂着"庆祝红四、五军胜利会师大会"的红布横幅,两侧贴着一副对联。联云:

在新城,过新年,欢迎新同志,迎接新胜利;

趁红光,当红军,高举红旗子,创造红世界。

这是陈毅的杰作,也是当时井冈山军民内心的真实写照!

苏区轶闻（二则）

肖鑫光　搜集整理

草鞋仙

红四军转战赣南、闽西后，大约是1930年4月间，井冈山南麓的崇山峻岭中，活跃着一支地方红军游击队。四月，正值南方的雨季，穿不得布鞋，游击队一律穿草鞋。因此，群众称他们为"草鞋军"。草鞋军人数不多，但凭借山林的有利条件，灵活施展毛委员的游击战术，硬是扰得国民党的民团和保安队一天也不得安宁。

后来，敌人搬来了正规部队，草鞋军内部又出了叛徒，使草鞋军遭受了重大损失，剩下队长王佐生孤身一人躲在一座高山上。这座山不但十分高，而且异常险，三面绝壁，唯有一面有条羊肠小道可以攀登。王佐生搬了一大堆石块，藏身于一块突兀的岩石后面，死死守住那条小路。国民党匪军死伤了好几个人，也未能冲上去。敌人火了，便放火烧山。可那座高山的顶端尽是光秃秃的岩石，任凭怎么烧也烧不到王佐生。最后，敌人搞什么"困而饿之"，足足把王佐生围了半个月。半个月后，敌人爬上去了，但王佐生却不见了。找来找去，找到一双草鞋。一个匪军一脚踢去，那草鞋便飞将起来，劈头盖脸直朝匪军们打去，边打边呼呼作响："今后谁敢再来欺负穿草鞋的，就叫他有来无回！"打得敌人抱头鼠窜，全部掉下悬崖，跌得粉身碎骨。这时，草鞋也不见了，只在那块突兀的岩石上，留下了一双草鞋印。事情传开后，人们说王佐生是草鞋仙下凡，便在那块突兀的岩石下，建了一座草鞋仙庙。从此，这座高山也就被人们称之为"草鞋仙"。

铁古岭

遂川县右溪河地区，有座铁古岭。它长约两里，宽不到半里，山势很普通，气派也很平常。但是，在井冈山革命斗争时期，它却留下了一个动人的故事。

1929年10月的一天，右溪儿童团团长李铁古正在村后摘柿子，准备去慰问红军伤病员。突然，从山外窜来一队白狗子，把村子围了起来。白狗子想得到红军伤病员隐藏地点，把村里人全赶到禾坪上，进行拷打逼问。敌人折腾了老半天，仍然没搞清红军伤病员的去向。白狗子狗急跳墙，准备用机枪扫射群众。这时，李铁古走出来说："把乡亲们放了，我带你们去找红军伤病员！"

人们先是一愣，直到看着他把敌人带上了铁古岭，才放下了心。因为红军伤病员不是隐藏在那里，但同时又为铁古捏了一把汗。那时，铁古岭不叫铁古岭，因为芦苇茂盛而叫芦茅岭。敌人押着铁古，走到半山腰，芦苇密得看不见路，白狗子有些疑惑，吓唬铁古说要杀他的头。铁古镇静自如地说："你们不愿去就打回转！红军伤病员不藏在这样的地方，还会藏在大路旁？"

敌人放了心，又跟着铁古向前走。路上，铁古瞅准时机甩开敌人，打着火石放了把火。敌人发觉上当了，开枪追打铁古。铁古以芦茅为掩护，东一下、西一下，边躲藏边放火。干枯的芦茅遇火即着，火苗被风一吹，呼啦啦一蹿丈多高，一卷一大片，烧得敌人焦头烂额、哭爹喊娘。山下的群众见铁古放火烧白狗，便全力配合，霎时牛角长鸣，金钟齐响，村村寨寨，枪林剑树，铁古岭四周布满了雄兵。就这样，一队白狗子有的被烧死，有的被打死，好不容易逃出火海的，也乖乖地做了俘虏。然而，儿童团长李铁古却光荣牺牲了。人们为了纪念他，将烧得光光的芦茅岭改名为铁古岭。

欧阳武印象

万常茂　搜集整理　　讲述人：郭红英

欧阳武是清朝的都督，国民党时期的省长，共产党时期的副省长，真可谓三朝元老。

记得那时我只有二十七八岁。当时旧省政府驻所在遂川中学，欧阳武住在王子奥家（现在的泉江水南下街一百二十号）。欧阳武兄弟五人，排行老四，大家称他四老爷，称夫人为四太太。

经人介绍，我到欧阳武家做保姆。在他家做些洗衣、扫地、烧火的事，总之不算忙，却显得清闲，因为只有省长、太太以及勤务员等四人生活。

记得那年寒冬腊月的一个夜晚，天格外冷，下着鹅毛大雪，我住在右厢房，盖一床旧被，本以为可抵挡得住，可那一夜冷得出奇，正想着怎么度过这不眠之夜。突然有人敲门，我连忙起身开门，只见太太抱着一件大衣站在门前，我惊奇地问："太太这么晚您还来看我！""是的，老爷吩咐，怕你冻坏，要我送大衣过来。"我接过四老爷穿的皮大衣，不知如何是好，激动得连一句感谢的话都没讲，太太已经走了。我把皮大衣盖在身上，即刻一股暖流遍及全身，渐渐进入了梦乡。醒来时，已是早晨六点多钟。

欧阳武身材魁梧，花白胡子拖胸前，看似威严，却平易近人，眼角腮旁经常挂着笑纹，显得很慈和。他位尊功高，却没有一丝特殊的地方。

有一次，四老爷有事准备外出，换下衣服拿给我洗，当我把衣服浸湿时，发现上衣口袋里有沓东西。他看了一下，着急地说："糟了，里面有钱。"我递给他一数,分文不少。事后,他多次向介绍人提起此事,认真地说:"郭红英做事勤恳、踏实,信得过。"渐渐地,他和太太经常叫我上街买些日用品,他总是相信地接过东西却不数钱,我真心地说:"老爷请点钱。"他笑了笑说:"我很放心,不用点。"

　　我在他家不到一年的生活中,关系非常融洽,就像在自己家里一样。

　　虽然事隔几十年了,欧阳省长的形象却还经常萦绕在我的心头。

县长下老鼠药

刘述涛　搜集整理

遂川县在抗战时期，是中美盟军的重要空军基地，建于1938年冬的砂子岭机场不但是中美盟军的前进基地，还是第二国际机场。在建造之初，就成了中美盟军的重要基地，不但成为袭击东南沿海日军基地的一张王牌，还为袭击日本人设在台湾的新竹机场立下了汗马功劳。

现在要说的就是遂川砂子岭机场在1943年扩建时候的故事。

那一年，扩建机场的任务落到了遂川县新来的县长杨耕的肩膀上，杨耕十分清楚抗战已经进入最艰苦的阶段，物质无比的匮乏，这样的任务落在他这样的小县长头上，也就是土话讲的，没有马了，只能捉到牛来骑了。

杨耕跑去同省主席熊式辉说，任务既然给我了，你就得无条件地支持我，让万安、泰和、吉安、永新、安福这些县多征调一些民工过来。熊式辉一边说"好，好"，一边却在心里想，能征调到这些县的民工，我还找你？其实熊式辉是得了这些县长的好处，派不出人来。于是，熊式辉就经常对杨耕说，我知道你是一个有办法的人，这次的民工征调就就近不就远了，大部分都在遂川县征调，这样也便于你的管理与协调。

听省主席熊式辉说这样的话，杨耕可真的感觉到自己是骑上墙压到卵，有苦也说不出来了，他只好把遂川县各个乡镇长及地方绅士召集到一起来，开一个机场扩建的协调会。把要征调的民工人数同各个乡镇的乡镇长说。谁知道，数字才刚报出口，会场就像日本人投下了一颗炸弹，马上就掀起了一声巨响，所有人都站起来七嘴八舌地喊叫，说完成不了这样的民工数。还有一些就干脆向杨耕哭起穷来叫起苦来，有的也干脆一言不发，就坐着使劲地吸烟，让一间会议室就像是烧窑一样，发出浓浓的烟雾。

杨耕几次示意不要再讲了，听他说，却没有人听他的话，他心中的火霎时间"蹭"的一声就起来了，他从腰里拔出枪，朝屋顶上"呼、呼、呼"连开了三枪，会议室这才静了下来。他把枪往桌子上一拍，大声说：吵什么，吵！完不成任务的，报上名来，我立马换了能完成任务的人去做。你们装穷叫苦，装得蛮像那么一回事，你们有没有想过最应该装穷叫苦的人是我！现在机场扩建，我走在前头，担着所有的重担，党国下的是死命令，可又有谁能给我分担？是你们吗？杨耕指着台下的这群人，这群人却一个个缩头缩脑的。杨耕又说，我还指望你们支持，可现在瞧瞧，你们都成了什么样子？杨耕又生气了，他又拿起枪，朝屋顶又连开了两枪！

这两枪，让人见识了这个一向文质彬彬的县长另外的一面，这两枪，也让所有的乡镇长霎时间都低着头，一个个再也不敢说什么任务完成不了的话，更不敢同杨耕县长讲任何的价钱，一个个回去之后，早早地就把任务摊派，早早地就把应该征调的民工送到了遂川县砂子岭机场来。

等到机场跑道扩建到了加固的最后一道工序，必须要用糯米饭加石灰进行加固了，可接连两天蒸好的糯米饭都被民工给抢吃掉了，监工跑去同杨耕说，这些民工太不像话了，工程用的糯米饭也敢偷吃，是不是抓起几个人来，以示惩戒！杨耕听完后却说算了，他还说，你看看这些民工，天天吃些菜饼子，哪有一天是吃饱过的。我明天来，来了之后，他们绝不会再吃糯米饭了。

第二天，杨耕一早就来到蒸糯米的大灶前，甑里的米还没完全熟，他就拿开饭甑上的大盖，从口袋里掏出几包药粉一样的东西，撒进了糯米饭之中，并搅和起来，一边搅和一边对蒸饭的师傅说，你告诉那些民工兄弟，我这也是没有办法，为了机场的早日扩建，我只能给这些糯米饭下老鼠药了,如果谁真的不开眼硬要吃,送了命,可不能够怪我,要怪就只能够怪他自己的嘴怎么就这么贪吃了!

在接下来的两天,一到蒸糯米的时候,杨耕就来了,他都是走上大灶,揭开饭甑盖,如法炮制。看见他这样,都知道他放的是老鼠药,这些民工就再也不敢去吃,要知道谁的命也是命,都是爹娘给的,自然也就没有这么轻易地就送去,更没有人会去吃放过了老鼠药的糯米饭,工程也就比以前顺利不少。又半年过去,遂川机场就可以停放大型的轰炸机了。

后来,有不少人问杨耕,你是不是真的在糯米饭中放了老鼠药,杨耕苦笑着说,我一介县长,怎么不知人命关天,这是没有办法的办法,我放的是石灰粉!也好在这些石灰粉,没有被民工识破,机场扩建工程才得以完成。

如今,七十多年过去,砂子岭机场也早已成为了一块荒地,但杨县长下老鼠药的故事却仍在遂川流传,每个听完这个故事的人,都为有勇有谋的杨县长叫上一声好,并再次感叹当年岁月之艰难,也越来越珍惜今天来之不易的幸福生活。

人物传说

郭维经的故事

郭维经公堂惩奸

郭维经为龙泉县免粮

周埙有志中进士

名邦街的来历

增加天

岳飞借兵仙人庙

刘关张三结义

钟昌泰的传说

机智过人的赖长子

"智多星"智斗黄老板

郭维经的故事

张修权　搜集整理　　讲述人：郭怀寿

一、舅舅拜靴

明朝末年，龙泉县（现名遂川县）五斗江郭家村出了个赫赫有名的人物，天启朝甲子举人，乙丑进士，官拜吏、兵二部尚书兼都察院右副都御史，总理湖南、广西、广东、浙江、江西、福建六省军务的郭维经。

郭维经身为朝廷大官，有钱有势，却主张"富贵不能淫"，把光宗耀祖那一套视如浮云，他每次省亲回到家里，除了必要的礼节性的拜访、接待外，大部分时间都是闭门谢客，深居简出。

有一年，郭维经的舅舅中了武举，鼓乐喧天，宾来客往，一日一小宴，三天一大宴，一闹就是几个月，舅舅本人更是得意洋洋，整日骑着高头大马，走街串村，耀武扬威。

郭维经的母亲刘氏太夫人见此情景，又是喜来又是气：喜的是娘家老弟中了举。做阿姐的脸上也沾光；气的是自己的儿子也是官，却门庭冷落，冇响冇动，竟当不了人家的一分光景。太夫人越想越气，对郭维经说："伢崽，人家都讲你在外面当了大官，可回到家却冷冷冰清，屋里只听老鼠叫，门外鬼都冇一个，哪像是当官的人家？你看舅舅家的场面，多么热闹，何等体面！"郭维经回答："母亲大人，晓得孩儿生来好静，更厌烦那狐假虎威，炫耀门庭的官场恶习。人各有志，不能相比，舅舅要逞'风光'就由他去吧。"太夫人怒气冲冲："你不要口强，冇用就是冇用！唉，不争气的伢崽，让人家看我们的笑话，真气死我了！"郭维经再三解释，见太夫人仍是怨声不止，只好赔笑说:"请母亲大人息怒。既然母亲口口声声责怪孩儿不争气,我只得对舅舅不恭了。明日如是晴天,请母亲将孩儿的那双官靴放到大门口去晒,待舅舅从此路过时,你就明白了。"

第二天,果然是个大晴天,刘氏太夫人真的端了一张太师椅摆在大门口,将儿子的官靴放在椅子上晒。还不到一筒烟的工夫,郭维经的舅舅又前呼后拥地走郭府门前过。突然,他一眼看见了大门口的那双官靴,吓得慌忙从马背上滚下来,一跌一爬地跪倒在官靴面前,头叩着地,气都不敢喘一下。刘氏太夫人一见,大吃一惊:啊呀,不得了,舅舅拜起外甥的鞭子来了,那怎么敢当!她急急忙忙从厅内赶出来扶舅舅,可左扶右拉,舅舅硬是不敢起来。太夫人有办法,只好喊出儿子来,郭维经扶起舅舅说:"外甥不知舅舅来,有失远迎;今日外甥失礼了,请舅舅千万不要见怪。"舅舅面对官高爵显的外甥,自己脸上流水,羞愧难言,马也不敢骑了,带着一伙人灰溜溜地回去了。

刘氏太夫人感慨地对郭维经说:"母亲错怪了你!还是你哇得对,为人为官都要谦恭、谨慎,切不可依仗权势,狂妄骄横,盛气凌人,做那等爱慕虚荣的庸俗之徒!"

二、宇宙正气

郭维经在朝为官时,正是朱家王朝风雨飘摇,朝不保夕之际。朝廷中一些文臣武将都诚惶诚恐,四处钻营,暗中早作保命退身之计,有的甚至想好了献城投降,卖国求荣的无耻主意。郭维经却临危不惧,铁骨铮铮,誓与大明军民共存亡。

清兵入关后,攻城略地,势如破竹,直捣明帝京都,大敌当前,郭维经和一些有民族气节的仁人志士一起,奋起抗击,与清军展开了顽强拼杀。血战数月,终因兵微将寡,战战失利、节节败退,最后退到了赣州府一座寺庙里,清兵将寺庙团团围住,对郭维经威逼利诱,企图用金钱美女,高官厚禄来收买他投降。但郭维经大义凛然,慷慨陈词:"宁做大明犬,不当清朝官。"

诱降无效,清兵发起了猛烈的攻势。在内无粮草、外无救兵的情况下,郭维经宁为玉碎,不为瓦全,毅然引火自焚,将自己活活地烧死在寺庙中,实践了他"生不吃清朝粮,死不葬清朝地"的誓言。

郭维经公堂惩奸

张炳玉　搜集整理

郭维经，江西龙泉（即今遂川县）人，是明末的一位爱国者，明天启五年进士，官至监察御史，吏、兵二部尚书等职。

清顺治三年，清兵破吉围赣，南明唐王命他率义师前往救援，这年的十月初四日，兵败城破，他自焚于赣州嵯峨寺。

他为官清正廉明，不畏权势，在朝廷与奸臣周延儒、马士英等进行过面对面的斗争，平时他对那些欺压百姓的豪绅勋戚非常痛恨，在南京一次就惩处了十几个地方豪强，百姓都叫他"郭青天"。"公堂惩奸"就是指这件事。

崇祯年间，南京和淮安一带遭受了一场严重水灾，之后又久旱无雨，赤地千里，禾苗枯焦。南来北往的大路上，车马稀少，只有成群的难民，扶老携幼，漫无目的地向他处逃生。从江都县到南京的路上，过了一批难民之后，有个四十多岁，儒生模样的人在匆匆赶路。他心情十分沉重，严峻清瘦的脸上布上了一层愁云。他，就是新授南京监察御史郭维经。他扮成平民，一路私访到南京去上任。

他在江都县的燕城住了一夜，第二天一早便动身赶路。他匆匆走着，蓦然看见路旁有个凉亭，便想歇一会再走。忽见亭内坐着一个女子，她花容憔悴，满脸泪痕，衣着十分破旧，郭维经上前向她打拱问道：

"请问嫂子，你孤身一人在此垂泪，心里有什么悲伤？"谁知那女子不但不理，反而仰天大笑起来。郭维经开始觉得莫明其妙，但仔细观察，见她似癫非癫，笑得古怪，心想其中必大有缘由，便带笑说道：

"我看嫂子狂笑是假，苦痛是真，心中肯定有什么委屈，我们萍水相逢,本来事不关己,何必多管?但我有个好管的脾气,凡遇见人家有不平之事,总想过问,并且极愿相助,不知你愿不愿意把真相相告?"

那女子见他举止庄重,说话和气,心地肯定善良,不妨把事情告诉他,便含泪把自己的遭遇说了出来。

她叫刘含香,南京人氏,丈夫徐厚聪,是南京名士,只因得罪了南京知府马成龙和他那班奸党,马成龙便设计陷害他,把他打入了死牢。她含悲忍痛,装疯独出远门,准备到北京告状。

这马成龙原是朝中奸臣——兵部侍郎马士英的一个远房侄子,为人狡猾善变,且报密有功,马士英视他为心腹,保举他做了这南京知府,作为耳目。

马成龙到南京以后,仗着他叔父的权势与地方上的豪绅勋戚狼狈为奸,把南京搞得暗无天日。南京原是明朝的旧都,迁都后便称这里为留都,是繁华重地。所以这里还居住着许多勋戚,主要有曹、褚、李、田四大家。他们良田万亩,广厦千间,婢妾、奴仆众多,并且豢养了一大批拳师棒手。在南京一带,他们为所欲为,强奸抢夺,占人妻女田土,甚至直入民家,殴打行凶。若有谁说了他们半个"不"字,轻则打板子坐牢,重则倾家送命。

马成龙靠了这批爪牙,更加一味横征暴敛,搜刮民脂民膏。这几年灾荒迭至,他竟不顾人民的死活,把掠夺来的民财,在南京郊外大兴土木,做了一个大园子,占地几十亩,耗银百万两,强拉无数民伕劳役,整整做了三年。里面奇花异木,四时景物应有尽有,这园子取名为"留园"。

南京名士徐厚聪特意写了篇《百园赋》。他借咏景而议事,既写园内的景物繁华,也写园外的灾荒惨状,以权贵们的荒淫奢侈对照人民的困苦潦倒。着意讽刺了马成龙这帮贪婪暴戾的虎狼。这篇文章人们争相传抄,都说写得好,为百姓出了口怨气。

文章传到了马成龙那里,他顿时恼羞成怒,火冒三丈,立即要派人去抓徐厚聪,当时坐在他身旁的李中朝连忙摇首说"不可"。李中朝是四大勋戚老爷中最狡猾狠毒的一个，平日与马成龙往来密切，专出歪点子，他说：

"知府大人这样兴师动众去抓人，难免会引起众怒，会说我们挟嫌报复，以我之见，倒不如……"接着他附在马成龙耳边如此这般地私说了一阵，说罢捋捋胡子，阴险地一笑，马成龙咧开嘴巴，拍着他的肩膀说：

"李兄真是诸葛再世！"

就在这天晚上，一场大祸便降临到了徐厚聪头上。

深夜过后，徐厚聪正在书房里看书，突然有人在门外喊开门救命，他立即把门打开，那人便窜了进来，慌慌张张地跪在地上说：

"徐相公，不好了。你叫我去刺杀知府，不料被他们发觉了，官兵已经追来，这怎么好！"

听他这样胡说，徐厚聪顿觉晴天霹雳，知道中了圈套，他伸手打了那无赖一记耳光。这时一群官兵已破门冲了进来，不问青红皂白就把徐厚聪拉走。

在衙门里，他被严刑拷打得死去活来，落了一个"收买歹徒、蓄意谋杀知府"的罪名，被投进了死牢……

听了刘含香的叙述，郭维经一边安慰她，一边从袖中掏出一张纸给她看。刘含香仔细一看，上面抄的正是她丈夫那篇《留园赋》，不禁大为奇怪。郭维经却笑着说：

"你丈夫的事我已经知道，这篇名赋我亦细读了，写得真好。你可不必到京城去，据说监察御史郭维经已经往南京上任，即日便可到达。我南京有个故交与他相识，我将托他向郭御史申诉你丈夫的冤情。你先走一步，我随后即到，到时候我会派人找你。"

刘含香转悲为喜，连忙磕头道谢，郭维经扶她起来催她赶路要紧。

郭维经到了南京后，便穿起官服，鸣锣开道，直往知府衙门。马成龙急忙大开中门迎接，恭维备至。郭维经一见他那獐头鼠目模样，联想起这奸徒平日的所作所为，恨不得立刻斩了他，以解百姓之恨。他捺住性子勉强和他周旋。

这夜郭维经住在衙门里,几乎一夜未曾合眼,想到南京黎民的苦难,想到徐厚聪的冤枉,决心此番一定要严惩南京这批恶棍,此时,一股正义的烈火在他胸中燃烧。

上任的第二天郭维经在公堂置酒,请来了南京几位知名的贤良父老作陪,并把十几个民愤极大的勋戚豪绅都"请"来了。

郭维经正襟危坐在公堂之上,马成龙心神不安地陪着那班勋戚们坐在一边,堂下站着两排士兵差役,各式刑具都摆在地上,整个公堂的气氛紧张肃静。

见此情景,那批勋戚老爷们心里慌张,身上毛骨悚然,不知郭维经要走哪步棋。昔日威风早已一扫而空。

郭维经态度严肃地向四周扫了一眼,然后徐徐地说:

"维经蒙圣上不弃,委以重任,我朝夕不安,恐负皇恩。今后还望大家协力相助。今天与各位初次见面,先借马知府之酒敬各位一杯,请各位干了……"他拿起酒杯一饮而尽,座中的人跟着把酒喝了,停一会他又说:"当今南京黎民苦难深重,野有饿殍,我等却在此饮宴本不应该,故这酒喝来心中惭愧,味道苦涩,诸公觉得如何?"

"郭大人所言极是。"在座的人异口同声这样说。

"这叫作举杯消愁吧。但有酒无文,不成盛会,今天不妨与各位共赏一篇名赋。这篇赋叫作《留园赋》,据闻是你们南京的一位叫徐厚聪的名士所作,不知诸公读过否?"大家默不作声。郭维经一边说一边从袖中拿出那篇赋高声朗读起来。当读到"高楼歌欢,春宵嫌短,矮檐心冷,冬夜愁长,河汉苍渺,云遮星月,独影幢幢,琴作悲吟……花芬芳而喜雨,衣褴褛而招风……"那几句时,声调尤为悲愤。读完他问大家:

"这徐厚聪不知现在何处,我很想拜识拜识他。"

马成龙忙抢着说:

"禀大人,这徐厚聪是一个极不安分的秀才,平日纠结一批文人骚客借吟诗作赋攻击朝政,诽谤大臣,这篇赋文虽说颇有文采,但内含讥讽,有意颠倒是非,蛊惑人心……更为可恶的是他竟收买歹徒无赖，行刺下官，险些遭其毒手，幸被巡夜士兵发觉，方未得逞。今已将其收押，只等发落。"

郭维经听了笑道：

"原来这名士还在知府掌握之中，生死尚听从天命。我看这秀才笔墨不安分守己倒是事实，因为他那篇《留园赋》确实有点嘲讽之意，触犯了知府大人的尊严，至于指使他人行凶之事，看来仅是一面之词，其中有无涉嫌栽赃等情，还请知府大人要明镜高悬才好。"

马成龙见郭维经面带怒色，句句话都击中要害，不觉脸红一阵，但仍装镇定地措辞辩曰：

"大人多疑了，此事非下官说了算，还有人证物证，在案可查。"

"把人证叫来。"郭维经厉声喝道。

一会那"人证"到了，郭维经冷眼一看，但见这个满脸红光，不像拘禁过的人，便转过头来问马成龙：

"这凶手收了监没有？"

"因他一问便老实招供，故未曾收监……"马成龙这样敷衍着。

郭维经怒道：

"既然都是凶案要犯，为何一个打入死牢，一个逍遥法外，此事大有蹊跷！"

马成龙一时答不上话来。

郭维经向那"人证"问道：

"你叫什么名字？家居何处？徐厚聪怎样叫你行刺知府，你一一从实招来。"

"小人姓金名有圭。有一天徐相公给了我五十两银子，叫我去刺杀马知府，后来就被士兵抓住了。"

"徐聪厚在什么地方交银子与你叫你行凶？"

"琼仙酒楼。"

"你从前到过知府衙门没有？"

"小人未曾到过。"

"是谁告知你行刺路线和知府寝处？"

"都是徐相公说的。"

"你把你如何潜入府中，经过哪些地方，马知府在哪栋哪间，你怎么被发现，后来如何逃出等从头细说一遍。"

"这，这，我都记不起来了……"金有圭支支吾吾，无法说清当时的经过。

郭维经拍案大怒：

"先有预谋到深宅大院的府衙行刺，能够来去自如，没有被人在里面捉住，又说记不起路线，还有这般荒诞的事么？好吧，金有圭，谅你不肯道出真情。来，把他拉下去，打死勿论。"差役们一齐拥上，把金有圭按倒在地，金有圭大喊饶命说：

"请大人不要用刑，我从实招了吧！"接着他就把马成龙和李中朝如何给他银两，如何答应他将来可以在府中当差，叫他怎样到徐厚聪家中，怎样在公堂上假造供词等全部供了出来。

郭维经叫他在供状上画过押后便把他拉开一旁。这时马成龙已吓得面如土色，张不开嘴巴，那李中朝只是冷汗直流，两个眼珠子死了一样。

郭维经大喝一声：

"把马成龙的冠带卸了下来！"差役们立即上前把马成龙的官服冠带全部脱了，马成龙站在堂下直打抖。

郭维经盛怒之下一连叫了十几个勋戚豪绅的名字，命他们全部跪在堂下。那些人个个像狗一样趴在地上不敢动。末了，郭维经命差役放出徐厚聪，请他上堂。

一会儿徐厚聪步态艰难地来到了公堂，郭维经见他骨瘦如柴，面容憔悴，不禁一阵心酸，忙下堂扶住他说：

"徐公子乃忠诚之士，忧国忧民，反遭这样的屈枉，真令人愤慨！"徐厚聪泣不成声地跪在郭维经脚下。郭维经扶他在一旁坐着，自己再回到座上厉声说道：

"马成龙身为知府，竟勾结一班不法勋戚豪绅凌虐百姓，抢掠货财。且公然制造冤案，诬陷好人，又动用府库私造庭园，一任饿民呻吟，老幼呼号。这种贪官，实乃民贼，为法纪所难容，今先予革职，待奏明圣上处置。"接着他指着那十几个人说：

"还有你们这批豪绅勋戚，平日倚仗权势，与马成龙狼狈为奸，穷凶极恶，留都百姓畏你等如虎狼。今天你们恶贯满盈了。"说到这里他霍地站了起来，喝道：

"左右与我狠打这些恶棍，快打！"一声令下，众士兵差役抡起板子棍棒，拼命地捶打。顿时堂下板子的噼啪声和呼痛声响成一片，这些人原都是金枝玉叶的身体，哪经得起这样的毒打，但听他们喊爹喊娘地嚎叫，渐渐地只听见微弱的呻吟声，最后都像死猪一样躺着不会动弹了。

座上的贤良父老们一齐跪下说：

"谢谢郭大人为我们除了大害，但此事将来……"

郭维经笑道：

"诸公不必担心，维经与那班权贵们斗惯了，且引以为痛快事，不足为奇。"说完便送他们直到府衙门口。众人依依不舍地围着他，似有千言万语。他对那些父老们说：

"请各位保重，日后各位还要多多代百姓说话，转达下情，为民分忧。维经与大家共为国事，其心日月可鉴，即使把乌纱帽丢掉，我也在所不惜。"

他又对徐厚聪说：

"徐公子好好休养保重，你妻子在家等你团圆，你告诉她，长亭相逢的那个寒士向她问候！"徐厚聪再次感激涕零地和众父老一齐跪下泣道：

"郭青天真是我们的父母！"

郭维经为龙泉县免粮

蓝万根　搜集整理　　讲述人：罗声权　郭恒生

　　明朝崇祯年间，龙泉县五斗江人氏郭维经，官任监察御史。有一天，他同幕僚们谈论历史名人为乡邻免除赋役之事。有人说，郭大人官位显赫，却不能替父老乡亲做点善事。郭维经听了哈哈一笑，说："我郭某人为官清正，从来不搞营私舞弊之事，只可恨如今奸臣当道，民不聊生，也罢。我且为家乡父老做上一回好事。哼哼，我不但要为五斗江乡亲免粮，我要为整个龙泉县免粮！"

　　不久，郭维经当真奏请皇上替龙泉县免粮，理由是龙泉县山多田少，入不糊口……

　　皇帝看过奏章，立即派人前往龙泉县实地巡察。

　　一个多月以后，巡察大人回奏说："龙泉县地处丘陵山区，林木茂盛，良田肥沃，可算是鱼米之乡；龙泉城内民富物丰，粮价低廉。粮市上，红塔下的农人挂着红旗卖红米，白塔下的农人挂着白旗卖白米……"

　　皇帝坐在天子位上，一双锥子似的眼睛定定地望着郭维经，那帮奸臣们幸灾乐祸地想：该死的郭维经，犯下了欺君之罪，在劫难逃啦。而一班正直的大臣们却为郭维经捏着一把汗。

　　郭维经并不惊慌，他灵机一动，立即驳奏说："巡察大人看到的乃'下龙泉'也，'上龙泉'则山高水冷，林荫蔽日，几十里不见良田。曾有人作歌曰：'上龙泉鬼门关，人过要低头，马过要卸鞍，鱼过被夹扁……'"

　　皇帝见两位大臣争执不休，只得再次派人巡察。

这一次，郭维经派人抢先赶回龙泉，通知县官如此这般地做好了安排。

待巡察大人再次来到龙泉时，县官便把上龙泉的"险要"地势添油加醋地描绘了一番。第二天一早，县官便带领巡察大人，专拣崎岖山路前往"上龙泉"视察。

走了大半日，巡察大人已在轿内坐得腰酸背痛、唇干舌燥了，所到之处，尽是奇峰怪石，瀑布悬崖，看不见良田，也没有人家，巡察大人不耐烦了，正想找人问问路，恰好前面有个壮汉在歇肩，只见他身上挎着老长一串草鞋，身边放着半担红米，巡察大人以为他是以编草鞋为业的，问："农家，莫非你是卖草鞋的？"壮汉回答说："非也，我是上龙泉人，来下龙泉买米的，只因路途遥远，此鞋是我带在路上备用的。剩下这几双，还不够我穿到家里呢！"

听完壮汉的话，巡察大人竟呆呆地望着前面的高山，半晌回不过神来。

大约又走了一个时辰，才翻过一座高山。这个时候，迎面又碰见一位匆匆而来的老者，巡察大人近前一看，老者身上也背着一长串新草鞋，手里提着大半篮子稀奇古怪的鱼，那鱼又小又扁，活像一片片竹叶，通身的鳞片闪着青紫色的绿光。巡察大人通过询问得知：老者要去"下龙泉"卖鱼换米。这种薄得可怜的鱼是"上龙泉"的特产，由于"上龙泉"山高水急，只有这种鱼儿才能生存，它为了适应环境，练就了一身本领，能够在瀑布上飞驰，能够在石缝间藏身，以致被阳光晒紫了皮肤，被石缝夹扁了腰身。"上龙泉"的人知道它的习性，管它叫"水打片"，"下龙泉"的人只知它的外表，称它为"铜皮仔"。

巡察大人听完老者的解释，信以为真，觉得连鱼都难以生存的地方，百姓生存的艰难便可想而知了。他望着眼前梯子似的石阶路，叹了一口气，终于命令随从们打道返回县衙！并且买下了那一篮子"水打片"和一长串草鞋作为物证，把此行的所见所闻慷慨陈词地写好奏折，回京向皇帝老子交差去了。

后来，皇帝准许龙泉县免粮三年。

周埙有志中进士

梁传桦　搜集整理

清朝中叶,周埙先生出生在龙泉县西溪乡一个贫苦的家庭,自幼聪明好学,寒窗苦读。

有一年适逢大考,周姓族人在祠堂里大摆酒席,宴送全族富家子弟下吉安赴考。周埙的母亲上山捡柴从此路过,便问:今日宗祠里为何这般热闹?族人回答:今天乃是欢送全族读书人下吉安赴考。周埙的母亲心中一惊:我儿子也是读书人,为何不请他?她回到家里向儿子说知此事,儿子说:我们家里如此贫苦,请我做什么呢?要多少路费盘缠?最少也要十几两银子哩!母亲又问:你有没有赴考的志气?周埙说,有志气无盘缠亦是枉然。

母亲瞒过周埙,将自己出嫁时的首饰拿去变卖了,换得二十两纹银交给儿子作盘费。周埙喜出望外,向母亲跪下道:"儿此去赴考,如没有得中功名,绝不返家,敬请母亲原谅不孝之儿。"母亲道:"有志者,事竟成。愿儿此去青云直上。"周埙背上行李,辞别母亲上路了。

周埙长途跋涉,日夜兼程地赶到了吉安府。此时,天已完全黑了,周埙走得口干舌燥,两腿发软,便在一家小店门口坐下休息,谁知竟不知不觉地靠在门边睡着了。第二天清早,店主人开门,"咚"的一声,周埙一跤跌进了门内,把店主人吓了一跳。店主人问:"你是何方人氏?为何睡在小店门口?"周埙答道:"晚生是龙泉人氏,来此赴考,只因昨晚深夜到此,旅途劳累不觉便在此地睡着了,惊扰了老伯,请原谅。"店主人说:"啊,你原来是龙泉的考生,想必你不知考期已延迟一月,这等匆忙赶来?"周埙大吃一惊:"老伯,此事当真?

咳，这便如何是好？晚生盘缠有限，如何在此耽搁得一月之久？"店主人也是良善心慈之人，见周埧一介谦恭有礼的斯文书生，便起了惜才之意，当即说道："先生不必惊慌，如蒙不弃，屈尊在老朽店中帮佣一月，伙食、宿费自是老朽负担，不知尊意如何？"周埧大喜道："多谢老伯厚意，如此大恩大德，晚生永世难忘。"

光阴易逝，转眼大考完毕，周埧中了秀才。喜报送到了西溪周家祠，周姓族人皆以为是哪家富豪子弟得中功名，谁料拆开喜报一看，却是贫寒之家的周埧中了秀才，众人目瞪口呆，作声不得。还是族长公老成圆滑，脸色变化得快，当即对族人讲："不管如何，周埧乃是本族之人，他得中秀才，也是全族荣光。你们速去置办酒席，摆在祠堂内，待我亲自去请他老母前来赴宴庆贺。"说完带着几个族人，急匆匆赶到周埧家，未进门即高声唱喏："恭喜夫人，周埧贤侄为族人争光，得中秀才，乃全族之喜也！现请老夫人同去祠堂与族人喜庆一番。"周母答道："我乃清寒贫苦之人，难登大雅之堂，恕我'失敬'了。"周母执意不去，怎奈族人嬉皮赖脸，半拉半推地将她拖走了，这正是："穷居闹市无人问，富在深山有远亲。"

却说周埧得中秀才之后，并未返家，又蒙小店主人荐举，在吉安城内一家私塾教书三年，后赴京大考，高中进士，才衣锦还乡，省视母亲。而周姓族人又有一番更为隆重、热闹的奉承之举，诸如翻新祠堂，做好功名匾额、摆列衔轿旗号、放炮奏乐迎接等，这里不必一一细表了。

周埧人穷志不穷，苦学中进士的故事在乡里民间广泛流传，激励后人奋发向上。

"名邦街"的来历

王光旭　搜集整理

遂川县泉江镇有一条名邦街,名邦这个地名是有来历的。清朝中期,遂川中了三个进士,周埙、曾衍蕃、高治书。人们为了颂扬三个进士的功名,在县城城内建造一块"文献名邦"坊牌。第二年换知县,新知县也是一个进士。他上任后,看到"文献名邦"坊牌,就问衙门内的人:"本县有多少功名及第?"衙门内的人说:"中了三个进士。"知县说:"一个县才三个进士,我母亲生了四个儿子都是进士。一个县当不得我母亲的一个肚子。还建造'文献名邦'坊牌,这不是好笑吗?把它拆掉。"

这件事传到了周埙、曾衍蕃、高治书三人耳朵里,他们一同去见知县。他们三个进士说:"要拆并不难,我们县虽然只中了三个进士,但是墨水可不少。"知县说:"不要自吹吧?"三个进士说:"我们可以比试比试。"知县说:"比试什么呢?"三个进士回答说:"由你提吧!"知县说:"现在正是梅花开放时节,我们就写梅花诗吧!"三个进士说可以。但是我们要订个条件。如果我们写的诗,数量上少于你,内容没有你的丰富,我们自己愿把这块坊牌拆掉。如果数量及内容都超过了你,那你怎么办呢?知县说:"把你们原有坊牌升高三尺,加宽三尺。"

他们订好条约后,四个人各坐着一顶轿子,从县衙门出发,绕城一圈,回到县衙门下轿。各人拿出所做的诗一看,周埙写了四十六首,曾衍蕃写了四十四首,高治书写了四十一首,知县写了四十首。

周埙、曾衍蕃、高治书所写的诗不仅比知县多,而且内容比知县的丰富、精湛。知县看过后,不得不按条件办事,把原有坊牌升高了三尺,加宽了三尺。群众把建造坊牌的地方叫作"名邦街",这个名字一直流传到现在。

增加天

黄献华　搜集整理

每年白露后，天色阴暗、细雨霏霏。这种灰蒙蒙难见天日的气象，我们称之为"增加天"。

相传，汉高祖刘邦的祖父一生乐于行善。他把所有家资财富都倾注于施舍捐款事上，人们都尊称他为刘善王。

一天，有位仙家扮着道人前来化缘，施礼完毕，对刘善王说："贫道在山地兴建一座庙宇，特来贵地寝捐，久闻您老大名，望您能划个头捐，助贫道一臂之力。"老善王听了，欣然答应。他接过捐簿，在那头捐巨款栏下，填上自己的姓氏。老道人感激不已，又忙打躬作揖道："善王名不虚传，过数日，贫道必来索取。"说完飘然而去。

刘善王在屋里翻查半天，哪里还有什么资财可捐？所有家产早已捐献一空。捐款建庙又答应了道人，万不可失信。如何是好？善王寻思许久，看来只得把所剩的几间房舍卖掉，方能捐助道人。数日后，道人来讨取捐款，刘善王把卖房舍的钱分文不留全部交与道人。道人接过捐款说："庙宇竣工之日，备酒庆贺，请施主届时降步，坐个首席。记住，千万别忘了把孙儿带上。"老善王谢道："路途遥远，我年岁已高，只怕到时不能如愿。"小刘邦在一旁撒娇说："要去！要去。""可我们连路都找不到。"道人说："施主不得推辞。你沿河而上，如见河面有茶叶顺水漂来，就离新庙宇不远，如闻鸡犬声，即刻就到了。万望老施主光临。"说毕拂袖而去。

光阴似箭。转眼就到庙宇庆贺竣工之日。老善王带着七、八岁的孙儿刘邦打点起程。一老一小沿河而上。一路上青山苍茫，古木参天，绝无人迹。走到太阳落山时，果真听得山里面有鸡鸣狗犬声。小刘邦高兴地跳起来："到了！到了！"转过山弯，迎面就是一座庙宇大殿，气宇轩昂，里头笙箫鼓瑟，人声沸腾。路口，早有小道人施礼迎接善王祖孙。他们一行进得大殿，只见凤飞彩阁，龙盘玉柱：大殿左右各摆十二张铺垫着各种兽皮的大扶椅，正中有一宝座金光灿烂。小刘邦东看看，西摸摸，好不惊奇。

次日一大早，小刘邦就悄悄地溜出房来，钻进大殿内，从左到右每张扶椅都爬上去坐坐，二十四张扶椅都试坐了一番，好不痛快。正当他爬上正中那张宝椅坐正时，整座庙宇晃晃荡荡，吓得小刘邦赶快跑出门外，大叫公公快走。这时，老道人出来笑着对刘邦说："你公公不回去了，你看——"顷刻间，那座庙宇大殿变成了一座石壁山，山崖上有一小小的洞口，洞里传来一阵阵悠扬仙乐。老道人安慰他说："你不必惊恐。如今你一人回去稳坐天下。不过，你在归途中会遇见一条大蟒蛇，它要吃掉你，与你争天下。你不要怕，我送你一把宝剑，见到大蟒要抢前三步砍死它。不得手软，千万！千万！"小刘邦接过宝剑，转身回程。途中，果见一条巨蟒张开血盆大口拦于路中。小刘邦见了，莫说抢前三步，反而吓得倒退了十几步远；猛然记起老道之言，他才奋勇向前，将巨蟒头颈分家，切尸数段。

巨蟒幽灵不服，在玉皇大帝面前争辩，说是刘邦见了他，不但没有抢前三步砍死它，反而吓得倒退了十几步。所以，非要刘邦让他坐坐天下不可。大帝无奈，下旨叫它每年坐十几日天下。这十多天内，天地昏暗，日月无辉。

这就是"增加天"之说的来历。

天上一日，地下一年。说来也巧，刘邦建汉四百余年，王莽篡权也正是十六年。

岳飞借兵仙人庙

古可木　搜集整理　　讲述人：黄捷宽

地处草林与堆子前边缘上有个村庄叫仙人庙，听老辈们讲这个村庄，是由于一位仙人在这里建了一座庙宇而得名的。

传说唐太宗年间，有一跛脚白须老头，穿得破破烂烂，手执金杖来到村子里乞讨了好几天。这老头很怪，不讨饭，专讨饭汤和木屑。有些好奇的人为了弄清他的真相，悄悄跟在他后面，见老头把饭汤和木屑搅来搅去，眨眼间就砌起一座座大石墩，比大理石还光泽坚硬。到了晚上，人们发觉老头砌石墩那地方人声鼎沸，灯火通明，可怎么也看不见人。整整一夜喧哗不息。

第二天，那地方盖起一栋有九个天井的房子，样子有些像庙宇，雕龙画凤，十分美丽壮观。人们一下子沸腾起来了，奔走相告，议论这桩奇事的发生。人们说去瞧瞧那老头，但寻遍了整座房子也不见老头的踪影，只见房屋正厅有大神佛挺立，香火缭绕。这下大家才惊醒过来，原来老头是位神仙。于是村上的人每逢初一、十五都来此祭祀。仙人庙神仙下凡拯救平民百姓的奇闻不胫而走，远传他乡。

到了南宋高宗皇帝年间，民族英雄岳飞讨伐金兵去湖南路过仙人庙，听到仙人庙神仙有求必应。他沐浴更衣，杀牲祭祀，跪在神佛面前赌咒起誓。他说："仙人庙大仙有灵，保我南宋大将军岳飞西伐金军得胜，若能借大仙天兵天将杀败金军，臣岳飞书彩旗一面颂扬你的功德。"岳飞说罢，霎时狂风大作，电闪雷鸣。天空中似有无数战马嘶鸣向西飞去。岳飞三叩谢起，跃上战马，率兵挥戈。金军被岳飞借来的天兵天将吓得闻风丧胆，如惊弓之鸟。岳飞率兵乘胜追击，势如破竹，不用吹灰之力把金军杀得片甲不留，打了个漂亮仗。

　　岳飞凯旋绕道返回仙人庙，扯来红绸，挥毫洒墨写下"威灵显应"四字，亲手把彩旗挂在堂中。后来人们把字迹刻在壁上，使岳飞题词留迹千古，仙人庙名传千里。现在还残留有仙人庙的遗址。可惜的是岳飞题词被文化大革命破"四旧"而捣毁，但仙人庙的传说仍然广为流传。在那一带，常常能听到白发苍苍的老人讲述这段富有传奇色彩的故事。

刘关张三结义

郭大伦　搜集整理

大约在两千年以前，郡涿县的楼桑村出了个英雄豪杰，此人姓刘名备。刘备和他的母亲二人以贩履织席度日，家境很贫困。年幼的刘备无钱读书，可他喜欢骑马练武，爱耍弄刀枪棍棒。虽然平素沉默寡言，但很讲义气，好交结天下壮士好汉。

有一天，刘备闲着无事，来到街头，忽见一家店内坐着两个彪形大汉，一边饮酒，一边谈论国家大事。只听得那满脸燕颔虎须的人说："大丈夫不为国家出力，何为人也？"刘备观其人身材魁梧，豹子头圆眼睛，说起话来如打响雷，好一副英雄气魄，又听那位面如大红枣的人说："我们若赶入城去充军，恐怕迟了。"刘备转眼看其人，身材高大，面色黑里透红，相貌堂堂，威风凛凛。刘备心里料定此二人必是江湖好汉，国家栋梁之材，他抬脚便往店内走去，行至桌前，鞠躬行礼，二位大汉站起回礼，并让他坐在上首。刘备坐定下来说："请问二位兄弟，尊姓大名。"那位燕颔虎须的汉子忙回话说："吾姓张，名飞。祖代起就住在这涿县县城，家有庄园，在城东开了一家肉铺，以屠猪卖肉为生。专好结识天下壮士，练习武艺。"那位面如大红枣的人说："吾姓关，名羽，号云长。原籍河东解良人氏。因爱打抱不平，杀死了当地豪绅，官府捉拿于我，故逃在此地开了这家酒店。"刘备也自报了姓名。那日虽和关、张二人初次见面，但却谈得很投机，三人痛饮了一个晌午，酒肉钱当然是关、张二人出了。

隔了几日，关、张二人又相聚在一起饮酒，谈论国事。刘备清早起来就算计关、张二人今日又会在一起饮酒叙谈，便又来到关、张饮酒的店房。三人天南海北地叙谈开来。一醉方散。这次的酒肉自然又是吃关、张二人的，刘备一毛不拔地又一次白吃了扬长而去。

就这样一连好几次，关、张二人有意避开刘备饮酒，都被刘备算计而来、白吃而走。

有一天，关羽和张飞商榷说："今日我们俩人另选一个僻静的地方去饮酒，不让刘备知道，你意下如何？"张飞赞同说："甚好，找只木船停在河心，我们坐在船舱内饮酒欢叙，他（指刘备）这次就难得白吃我们的酒肉了。"说后，二人制办了酒肉，备了一只木船，停在河心，宽饮畅谈起来。哪知，他俩的这一举动又被刘备知晓，见关、张二人在河中饮酒，刘备眉头一皱，计上心来，他搬来一只木桶，坐在桶内，由上游顺水漂下。关羽与张飞正在酒兴上，忽见上游漂来一只木桶，不知内装何物，便举篙将木桶钩靠船边。木桶一靠木船，刘备在桶内霍地站立起来，哈哈大笑道："原来你们为避我，在此喝酒也。"弄得关、张二人哭笑不得，只好让他上船。刘备上船坐好，举杯就喝，关羽按住刘备手中的酒杯说："今日要喝，先谈个条件。"刘备问他："有何条件，快快讲来。"关羽说："我们三人各对诗一首，对不成诗，不许喝酒。"刘备说："可以！怎样对法？""上句要有昏昏黑黑四字，下句要有明明白白的四字方可矣。"刘备慢条斯理地笑道："谁先出对？"关羽领先作诗曰："举砚研墨昏昏黑黑，提笔疾书明明白白。"张飞诗曰："天将下雨昏昏黑黑，雨过天晴明明白白。"刘备一手捻着胡须，一手端着酒杯，不紧不慢地，风趣地说："坐在桶内昏昏黑黑，上得船来明明白白。"说完，举杯一饮而尽。

三人对诗完毕，非常高兴。关羽当下提出三人结为生死之交，可三人一报年庚岁数，非常巧合，三人都是同年同月同日生，谁为兄，谁为弟却争执不下。这时张飞想出一个主意说："二位兄弟不应争执，我家庄园有一棵大槐树，谁先上到树顶，谁为兄长，而后依次排列，如何？"刘备与关羽当即应允，定于翌日在张飞庄园相见。

次日，三人聚会于庄园之中，面对大槐树离树三丈划一线为准，三人并列而站，张飞一声口令，三人便奔向槐树，张飞力大，快步抢先上了树顶,关羽也不落后,见张飞占了树顶便爬坐在树干中央的树杈上。心想:由你自上而下排去,我也位居老二,由下至上算去我也位居老二。唯独刘备迈着四方步子走向槐树,双手抱着树蔸,抬头向坐在树顶上的张飞说:"谁为兄谁为弟?"张飞说:"当然我为老大,昨日议的怎能反悔。"刘备说:"常言道,树从根底起,当然我为老大了。"张飞与关羽认为刘备说得在理,不好与他争辩,便下将树来,将预先备好的金钱纸列于地上,宰杀牛羊,三人焚香而拜,且对天发誓言说:"刘备,关羽,张飞虽然异姓,今日结为兄弟,愿我们同心协力,救困扶危,上报国家,下安黎民,生是同年同月同日生,死愿同年同月同日死。谁背义忘恩,就遭天雷劈顶。"三人跪拜完毕,拜刘备为兄,关羽排行老二,张飞为弟。

　　三人祭拜天地后就在张飞庄园中,席地而坐,宽怀畅饮。

钟昌泰的传说

黄献华　黄士翔　搜集整理　　讲述人：黄永科

早年间，龙泉境内的一条山沟沟里，有一个大财主，名叫钟义芳。他家有良田万亩，跨越湖南、江西地界；还开设商行，有店堂三百六十六间，在赣州府占据了一条街，是本县赫赫有名的百万富翁。

这钟义芳吃香喝辣，穿绸着缎，享尽人间富贵荣华且不说。只说他年过半百，膝下还是无儿无女，谁来继承这百万家财？可把他给急坏了。老管家为他张罗娶进了好几个黄花闺女，虽说个个都是花容月貌，可没有一个破过身，为他生过一男半女。钟义芳眼见要断子绝孙，正想花些银元，去买个儿子来继承家业，小娘子私私地告诉他："有喜了。"这小娘子是钟义芳的小老婆，娶进六七年，还未怀过身孕，这时候有喜，钟义芳虽说疑窦难开，也不计较了。更有那大管家说得妙："那日傍晚我亲眼看见，一团红云降在娘娘的房顶，这无疑是九天星宿下凡投胎，将来娘娘必定生个真龙天子。"钟义芳乐昏了头。连声问道："真有此事？""一点不假，奴才亲眼所见。"大管家没料到一句恭维话竟惹得东家如此欢喜，于是，他又绘声绘色吹嘘开来。

说来也巧，财主娘娘十月怀胎后，果真生下一位男娃子，钟义芳欢喜若狂，当即给娃子取了个响亮的名字——昌泰。又重重地奖赏了大管家。大管家更是百般奉承："昌泰乃真龙天子，大东家福气无量。"

不料这娃子降世下来，几个月日夜啼哭，闹得一家人不得安生。还是大管家有办法。只见他拿出几块银元，敲打一阵："叮叮当当"，小娃子果然不吵不闹了。可是没过多久，小娃子听厌了，又是一个劲地哭闹，一家人想方设法地逗他就是不见效；又是大管家上前来，晃着一条大花大朵的丝绸手绢，只听得"吱啦"一声撕成两片，小娃子被逗笑了。钟义芳见大管家如此神通，私下问："这娃子为何如此为难我们？"大管家煞有介事地说："令郎命大福大，喜听敲银碰金，撕扯绸帕，更是好看好听，这等非凡人之求，要尽量满足啊！"钟义芳本当爱财如命，听了这话，也就不去过问了。就这样，一夜间，不知撕碎了多少罗帕绸绢。

长到七岁那年，钟昌泰就学会了赌钱。他赌钱坐输无赢，赌注又下得大，他输得越多，越是玩得痛快。钟义芳眼见他输得没完没了，就把他锁在房中，这哪能管得了他呢？

那一夜，钟昌泰逃出家门，从晚赌到早，又从早赌到晚，身上带来的钱却还没赌完。实在吃不消了，他收拾家伙就要回家。那时已是深夜三更天，赌友们晓得他一个人不敢单独回家，故意戏弄他，不送他回家。你说他咋办？他把那赌剩的钱，全装进钱褡，钱褡的两头剪只眼，往肩上一披，叮叮当当地出了门去。他每走一步，就有几个银钱掉在他脚边，旁人见了，打着大火把，随足跟来捡钱。钱褡里的钱掉光了，他也就到家了。

有一天，他向家里要钱买来一根箩大鼓大的木材，请来一位木匠师傅，说是要做家具。他爹爹见他花大钱买来的是上等木材，用重金请来的也是挺出名的木匠师傅，料想也是做什么正经事吧！也就不过问。钟昌泰叫人把木头扛进厅堂，先是要木匠把木头劈成方料，师傅问他做什么用，他说你不用管。木匠听了只好照样做。木匠在那边劈木头，他就在一旁搬只扶椅，半卧半躺，眯着眼打瞌睡。待木匠把木头劈成方料又问他做什么，他还是回答说："你先别管做什么，再给我削成圆木，"削成圆木后又要劈成方料，劈方了又要圆，如此三番五次，一根忒大的木材做成了一根酒杯大的木篙。木匠很是纳闷，再劈下去就什么也做不成了。只好再问他要做什么用？钟昌泰这才睁开眼睛，"是啊！做什么用呢？"他想了好一阵才说："就给我做根晒衣裤的晾篙吧！"木匠哭笑不得，说道："你怎么不早说呢？"钟昌泰笑道："老师傅有所不知，你那斧头刨子的响声可真好听哩！你听——

噌、噌、噌！嗞、嗞、噗嗞！比戏班子敲锣打鼓还中听咧！我要早说了，就听不见这么久的斧头刨子的响声了。难为你了，我给你一日算三日的工钱。"

有人笑话他说："钟少爷，你花得了那么多钱，吃——却是吃不了几多钱！"钟昌泰答道："这倒未必！""拾块大洋你一个人吃一餐吃得了吗？"那人问。"远远不够。"钟昌泰大手一挥。"三十块一餐怎么样？""太少了。"他还是摇头晃脑。"三十？五十总够了吧？"那人有点不相信了。钟昌泰笑笑说："你别太小看人了，先来二百块吃一餐试试看。""吃什么？"那人好像听出了点名堂，心想："天哪——二百块大洋一人吃一餐，谁晓得吃什么珍贵的东西，只听说吃鱼肚海参贵重，还有什么羚羊角，鹿角……""你放心。"钟昌泰打着哈哈说："就吃我们这地方上家家都能出得起的，二百大洋交给你办理，还要在你屋里弄熟来吃。"那人惊呆了。结果，钟昌泰用二百块大洋按市价买来几十担鱼苗，捞出来炕干，一餐吃了还嫌不饱。

有一次正逢河水上涨，钟昌泰听说涨了洪水，跑出去一看，心中大为不快。他说："这叫涨什么红（洪）水，这是涨黄水，要看涨红水，还得看我的。"说完，跑回家，叫人把家里用重金买来的西洋货——红精，全部扛出来，到下河，把河水染得通红，他站在桥头兴味十足地喊道："涨红水了！快来看涨红水啦——"

……

就这样，钟昌泰成事冇一件，败事千万桩，把个老爹气得嗷嗷叫。大管家也觉得事情不妙，可怎么也不敢收回原先的谎言，还是尽拣好话讲："令郎眼下虽是乱花乱用，却也想得奇妙，做得出格。此作为，非凡人之举呀！"钟义芳细想一番也觉得此崽现时虽是败家，可他耍那花招，也不是一般人想得出，做得到的事，还是听天由命吧。

谁知钟昌泰成年之后，更是花费无度，家中也难得依顺他了。然而，他花还是照样花，拿不到就偷，偷钱不到就典当物品，甚至于偷偷地变卖一些零星田地了。他老爹慌了，想办法把那些小块田丘请人填沟挖坎，拼凑成十多亩一丘的大田。钟昌泰却是花钱花得两眼通红，手段也一招比一招厉害。他学着卖豆腐的法子，化整为零，把家里那些大租田一块一块割卖了。不几年，一份忒大的家产就被变卖得所剩无几了。这时他又盯着外省外地的租田和赣州的商店打开了主意。

　　直到这个时候，钟义芳才发觉以前是把这个宝贝儿子怂恿坏了。一气之下，赶走了大管家，继而对钟昌泰又是打、又是骂、又是哄、又是吓，呕心沥血，可怎么也管教不了那败家子。老财主气得只剩下半条老命了。这天，时近年关，钟昌泰进门来参见老爹，说是要替老父亲出外收租取债。老财主正要将他痛骂，未开口又觉得今日事不同往常，自从那败家子生下来就从未体谅过他，这会儿说是要替他出远门收租取债，不免叫他对这败家子还存在一线希望，加之目下已是黄泉路近，膝下又无其他儿女，也就将家中所有的田地契，和店堂字号托盘交出，还再三告诫："赣州府那三百六十六间店，无论如何也不能变卖。万一落难，你也好在店里站足，一间店住一天，也还能住上一年，爹爹量你终是有为之材，有朝一日还能扭转乾坤，东山再起。"

　　说完，他竟老泪纵横。钟昌泰看都不看他一眼，哼的一声出了门去，直到第二年阳春三月才归来。此行一遭，租未收回，债未取归且不管，连那租田商店一一给他卖得精光，身上分文不留，这也难怪，他也曾听人家说，自己是星宿下凡，只管尽花尽用。

　　已是气息奄奄的钟义芳见钟昌泰如此狼狈归来，自知绝日已到，一口气咽不下去，老命归了天。钟家百万家产，只不过二三十年，就败得浪荡精光。后来，钟昌泰乞讨四方，最后也饿死在赣州城墙脚下……

机智过人的赖长子

蓝万根　李辉煌　搜集整理　讲述人：赖和兰　蓝传宝

智斗"黄斑虎"

清朝时候，龙泉县有两个很出名的朝师。一个是下龙泉新江桃金坑的赖朝师，另一个是上龙泉的胡朝师。那时候的朝师，是指专门给别人做状子的人，相当于现在的律师。

赖朝师名叫赖庭芳，绰号赖长子。他聪明过人，机智透顶，好打抱不平，为穷人出气。凡是请他做状子的人，官司准能赢。

而上龙泉的胡朝师，由于他状子做得恶，为人又不善，喜欢吹牛皮、打大话，炫耀自己的本事。所以也是大名鼎鼎——绰号"黄斑虎（胡）"。

一天，黄斑虎叫徒弟担着铺盖行李，前往新江专门寻访赖长子。走到于田时，刚好与外出归来的赖长子同路。二人素不相识，打过招呼，黄斑虎听说赖长子是回新江的，便高兴地说："啊，好哇，我们同路……"

黄斑虎回答说："我是从上龙泉来的，去访访赖长子。不瞒你说，我也是朝师，姓胡，外号黄斑虎。不知你们那边的赖朝师是不是像人们传说的那样有本事？"

赖长子却不显山不露水地答道："唔，我虽然跟赖长子相隔不远，但也不太了解他。本事嘛……也好像有点把子吧！"

"我估计他赖长子会做朝师也不会有传说的那么神，了不起知道点子皮毛罢了！俗话说'癞子就怕打，丝茅就怕扯。'我倒要试试他的本事！"黄斑虎傲慢地说。

赖长子心想："哼，你黄斑虎也太狂了。我们骑驴看唱本——走着瞧！"因此，他心生一计：假装大便。他示意徒弟放下行李在路边等,叫黄斑虎先到有树荫的地方边歇边等。

赖长子与徒弟耳语了一阵,又赶上了黄斑虎,在过水沟时,赖长子的徒弟故意跌了一跤,把担着的被子跌到水沟里打湿了。赖长子不由分说上前便打,骂骂咧咧地埋怨晚上无处安身。黄斑虎只得上前好言劝解,主动提出晚上与赖长子同铺,再租一床被子给两个徒弟睡。

当晚,二人同床异梦。黄斑虎睡得像死猪一样;赖长子摸出私章,在被子的四只角上都盖上了印模。

第二天清晨,黄斑虎急着赶路,早早便起床洗漱。赖长子却还在打呼噜。黄斑虎只好催他:"先生,该起床哩。"赖长子翻了一个身,连眼睛都不睁一下说:"对不住,我睡惯了懒觉,还想再睡一刻子呃。"

又过了半个时辰,赖长子还是不起床。黄斑虎很不耐烦了,言明一定要捆被子赶路了。不料,赖长子反倒发起脾气来:"哎呀!你走你的路,我睡我的觉,你这个人怎么这么不懂礼貌。"黄斑虎被激怒了,把被子一掀!说:"我好意借被子给你盖,你倒叫花子赶起庙祝来了。""好笑!我盖在身上的被子怎么会是你的?"二人互不相让地争吵起来。这个说是我的,那个说是他的,为了一床被子争执不休,只得闹到县衙去了。

县官也被他们搞得晕头转向,决断不了。问黄斑虎的被子有什么记号为证,黄斑虎说:"我的被子冇记号,夜夜都盖的,还会认错?"赖长子胸有成竹地说:"我的被子有记号,四个角上都盖有印章,请县太爷明察。"县官命人打开被子一看果然不错。吩咐左右打了黄斑虎四十大板,把被子断给了赖长子。

黄、赖二人同时退出衙门。赖长子笑嘻嘻地对黄斑虎说:"这床被子确实是你的,我只是跟你开开玩笑。对不起,你把被子拿回去吧。"

黄斑虎凶神恶煞般地瞪了赖长子一眼,又不好发作,只得气鼓鼓地接过被子,头也不回地走了。

赖长子望着黄斑虎的背影,眼珠一转又是一个点子!复身返回衙门,拿起鼓槌又擂起堂鼓来:"青天大老爷——,请你给我做主!介只姓胡格家伙确实好蛮气,我一出衙门他就把我的被子抢走了!"县官一听大怒，心想这还了得？光天化日的在衙门口抢东西，这小子竟敢不服从我的判决！于是，立即吩咐左右把黄斑虎又捉了回来，不由分说狠狠地再打他四十大板。再次把被子明断给了赖长子。

黄、赖二人又同出衙门。赖长子得意地说："伙计，这床被子……"黄斑虎急忙抢着回答说："我不要了，不要了！为了它，我的屁股都打烂哩……"

赖长子见黄斑虎已威风扫地，便诚恳地说："你放心——，我不会再去告你了。你不是说要去新江找赖长子比本事吗？我就是赖长子。跟你开了个玩笑，对不起。可你不应该说我'癞子就怕打，丝茅就怕扯'哇。你说说，到底是谁怕打？谁怕扯？老弟，一个人的嘴巴平时不要这么坏，弄得不好是要吃亏的！如何，冇必要再去新江了吧？"

就这样，黄斑虎吃了个哑巴亏，灰溜溜地回上龙泉去了。

巧难曾知县

早先有个姓曾的人到龙泉来当知县。新官上任，地方上一些有名气、有势力的财主绅士，纷纷前来拜望或宴请曾知县。这个送礼品，那个送钱财，喜得个曾知县乐陶陶的，整日忙于来往应酬，而不理政务。

唯独赖长子不趋炎附势，曾知县到任后还从未露过面。

曾知县也久闻赖长子的大名，知道他是个难于对付的角色，满心希望赖长子也能主动前来拜谒，相互拉拉近乎。结果却左等也不来，右等也不见来。曾知县不免有点气忿了。心想：我曾某过去也做过朝师，才高八斗，官运亨通。你赖长子竟敢目中无人？哼！我非要治治你不可！不把你的威风打下去，以后我曾某人还如何为官？

于是，曾知县发出传票，想把赖长子传到衙门里来整治一番。可赖长子却不听调遣，一次传不来，二次传不来，三次还是传不来。曾知县暗自高兴起来，以为赖长子是敬畏自己而不敢来了。

不料，赖长子却在一个最热最热的三伏天里，乘曾知县还在睡午觉的时候来了。他把衙门口的惊堂鼓敲得震天响，高声喊道："赖长子到——"曾知县在睡梦中听说赖长子到了，不敢怠慢，翻身下床，匆匆忙忙往公堂走去，身上还穿着睡衣短裤，连袍帽官服都忘了穿。

还不等他在公案后面坐稳，赖长子已经端坐在公堂一侧发问了："曾知县，你接二连三发传票来传我，不知我到底犯了什么王法？"曾知县往公案上猛拍一掌说："哼！你这个蛮横刁钻的臭朝师，来到公堂之上不与我跪下，反而端坐一旁是何道理？"赖长子反问："我既不是原告也不是被告，更没有犯法，为什么而跪？"曾知县又往公案上击了一掌说："放肆！雪盖高山，哪个尖峰敢出线？"意思是说，你是个平民百姓，我是朝廷命官，好比那高山与白雪，再高的树梢尖峰也在白雪的覆盖之下，谁敢不服我管？

赖长子马上回敬道："月射壁洞，这条'光棍'实难拿。"意思是：我好像那月光穿过壁缝的光柱，看得见而抓不着，你奈何我不得。

曾知县见来文的不行，又倚势压人了："你击了堂鼓，进了公堂就得跪，这是王法。"赖长子说："何必呢？若是我想叫你跪下也不难。哼，我告你四件事就得叫你下台滚蛋！"气得曾知县吹胡子瞪眼睛，往公案上又是一拳："大胆！我曾某新官上任，尚未理案，有什么过错？"

"你听着：第一件，你无事调子民。岂有平白无故传我来跪的？第二件，你手拍乌台触法条。你身为县官，应该知道只能用介方旗子才能击打公案的规矩。第三件，你玷辱天子位不穿朝服坐法堂。看看你这副打扮吧，哪里有穿裤衩升堂的？第四件，你花天酒地不称职，刚才可是你亲口说的：到任以后尚未理案！哈哈，县太爷，恭喜你发财啦。"赖长子说完，起身往门外直走。

曾知县早已呆若木鸡。那四条，条条击中要害。

结果，赖长子当真一纸状子递到省府，不出半月，曾知县就被免职了。

妙计诳财主

有一年的腊月二十四日，赖长子的村里家家都噼噼啪啪地放鞭炮，送灶神，过小年；户户都在忙着清理阴沟屋堪，打扫卫生。全村呈现出一副除夕前的繁忙、热闹景象。穷人过年，只能图个干净、吉利，宁愿少吃几块肉也要买封爆竹喜庆喜庆。

同村的朱老财家里却标新立异，显得更热闹，好像这一天就是过大年。房前屋后扫得干干净净，厅堂门首贴上了崭新的字画对联，斗大的福字和喜庆的灯笼高悬在屋檐下迎风摇摆，大门上贴着神符，二位镇鬼的门神像耀武扬威。赖长子看了很不服气，心想："你朱老财逞什么势？有几个臭钱何必这么张扬？也不看看你那些佃户过年有冇猪肉吃！"

这时，恰好有一个朱老财的佃户来求赖长子写对联。赖长子边写边与他扯闲谈：

"老弟，年料都办齐了吗？"

"唉，办吗格年料喔，今年遭旱灾，除了交租谷，剩下的刚好能吃到过年，家里又有吗格出息，哪子来钱办年料哇？"

"真是。遭了旱灾，朱老财也不减点子租谷吗？"赖长子深表同情地问。

"减个屁！辛辛苦苦累了一年，老婆孩子连一件新衣服过年都冇。要不是养了几只鸡还顺畅，恐怕全家人过年连荤都尝不到里咃。"

"冇钱过年不会跟老财借一点子？"

"他这个人你不知道有多小气？只晓得收得进，不舍得付得出！谁还能借得他的钱到？"

赖长子放下手中毛笔，低头踱步沉思了一会儿说："哎，我有办法叫他拿钱给你们这些穷佃户过年，而且要他拿得心服口服。就看你们有没有胆量按照我的办法去做了！"

"我敢做！有吗格办法你就快说吧。"佃户急不可耐地说。

"好！今天晚上，你叫上几个穷哥们去把朱老财家的大门扛走，找个隐蔽的地方藏起来，余下的事情由我去办，后天你们到我这里来拿钱就是了。你信得过吗？"

"信得过！只要你想办的事，没有办不到的。"

果然，这天晚上几个穷佃户便把朱老财家的大门扛走了。

第二天，朱老财发现大门不见了，急急忙忙地召集全村各户的当家人询问。赖长子故作神秘地对朱老财说："朱老先生，不用问大家，这事情我知道底细。不好啦,你的大门被山上的那伙草寇偷走啦!他们今天早上和我打了招呼,说请你拿出五十块大洋赎回门板,否则就把你告到官府去,然后再洗劫你的家!"

"啊?他们凭什么告我?"朱老财吃惊地说。

"就凭你两块门板。朱老先生,你也是个明白人,却做了件蠢事,让人家抓到了把柄。你想想,这神符,是为皇帝老子守门的,你是什么家庭?配用这二位大神给你守门吗?这是犯上!若是告到官府你吃得消吗?"

"完了,完了!"一贯财大气粗又守财如命的朱老财被吓软了。

赖长子乘势又接着说:"事到如今,你看怎么办吧。他们说了,你若是愿意赎的话,今天晚上把钱送到塘窝里大枫树底下去,明天就有人告诉你大门在哪里。否则他们便把大门送交官府。弄不好,你的家财性命都难保呐!"

朱老财急得团团转,没办法,只得老老实实地交出五十块大洋,请求赖长子作中人平息此事。

赖长子把这笔钱全部分给了穷佃户,自己分文不留,使全村的穷佃户都欢欢乐乐地过了年。

注:①乌台:据说旧时的公案都是乌桕木制作的,俗称乌台。
②天子位:俗称公案或厅堂正中的座位为天子位。

"智多星"智斗黄老板

李旋　搜集整理　讲述人：李芃提

从前，龙泉县城有位姓黄的老板，开了家旅店。此人为人奸诈，唯钱是图，凡是进他店里住宿的客人，他都得想方设法诈取钱财。因此，知情人都不愿意到他店里住宿，只有那些不知内情的远道客人才偶然住宿他店，其结果是被弄得人财两空。有时还得进衙门吃官司。

离县城几十里的村子里有位硬汉，头脑灵，点子多，专好打抱不平，人称"智多星"。

智多星听人说起黄老板为人那样奸诈，早已气得七窍生烟，决定去治他一治，替哥儿们出出气。

一天傍晚，智多星挑了满担茶油朝黄老板店里走去。黄老板一见来人，知道又有油水可捞，心里十分高兴，连忙笑嘻嘻地把智多星迎进店里，递烟倒茶，问这问那，显得十分热情。

智多星把油篓担进客房，洗过澡后，就要了酒菜，吃喝起来，不一会儿，就喝得酩酊大醉，倒在床上呼呼大睡。

黄老板见客人睡得正香，就悄悄地推门进来，把一把锡茶壶沉入智多星的油篓里。

第二天早饭后，智多星付了店钱，谢过黄老板，担着油篓上了路。刚走出城门，他就从油篓里捞出锡茶壶把它丢入深水潭里。原来昨夜晚饭后，智多星假装喝醉了酒，躺在床上，黄老板把锡茶壶沉入油中，他看得清清楚楚，决定来个将计就计。智多星丢掉茶壶，挑着茶油没走几步，黄老板便气喘吁吁地追了上来，恶狠狠地说："无赖客人，竟敢把我的东西偷走，还不快快还来。"智多星装着惊讶地说："我不曾偷你的东西，我不曾偷你的东西。"黄老板凶狠地骂着，要揭开油篓盖查看，智多星赶紧护着油篓说："我的东西不许你随便乱动！要看，就担回你店里去，请中间人来看，若是我偷了，这担油就归你，若是我没有偷，你就赔一担油给我。"黄老板一听，正中下怀，心里十分高兴，暗想："这担油归我，是定了。"

于是，两个人争争吵吵地把油担回了店里，备了酒菜，请来了地方上的几位绅士作中人。酒醉饭饱后，黄老板就把事先想好的智多星怎样偷茶壶一事讲了一遍，并说茶壶就藏在油篓里，如果不是的话，他愿赔一担油给他。说着就亲自动手在油篓里找茶壶。可是，东找西找，茶壶还是没有找到，最后把油全倒了出来，还是没有找到茶壶，黄老板气得两眼发白，在事实面前只得自认倒霉。茶壶没找到，反而倒赔了一担油和一桌酒席。

众人听说黄老板赔了油，都来看热闹，只见智多星请人挑着油满面春风地走出了旅店，黄老板为此害了一场大病。

特产传说

茶道
狗牯脑茶传说
金琚——金橘
板鸭的传说
香　菇
冬　笋

茶 道

刘述涛 搜集整理

　　汤湖镇如今成了茶乡，家家户户，屋前房后都是茶树。特别是狗牯脑山的狗牯脑茶更是绿茶中的精品。但真正说起来，汤湖在清康熙帝之前是没有人种茶，也没有人喝茶的。后来在外头做木头生意的汤员外从南京带回几株茶叶树种，汤湖才开始有了茶的影子。但当地人喝茶还是不讲究，烧上一壶水，抓起一把茶叶丢到壶中，随时口渴随时喝。

　　真正说起讲究是汤员外的儿子，名字叫汤正纯，说起这汤正纯也可称得上奇人一个。刚出生的时候，不知是不是在娘肚子里被憋坏了，还是别的什么原因，他两颊通红，不哭不闹，两只小手紧握成拳。谁看了都心疼，可是却没有一个医生能够说出原因，都是开不出一个方子，摇着脑袋离开。

　　三天过去，汤正纯还是小脸憋得通红，不哭不闹。汤员外慌了手脚，连忙张榜，说：谁要是能治好汤正纯的病，愿以百两白银相赠。可是榜贴出去三天，还是没有一个人愿意揭榜上门来给汤正纯治病。

　　正在汤员外绝望的时候，从外面进来一位银须飘飘的道长。道长手持拂尘对汤员外说："听说你家小儿刚出生就不哭不闹，小脸通红，可否抱出来让我看看？"汤员外一听，忙让丫鬟抱出汤正纯，道长看了之后对汤员外说："不碍事，贫道带来狗牯脑山上的好茶叶一包，你令仆人到百妙山上挑担泉水回来，只是要记住了，去挑泉水的仆人一定不能换肩，要一口气把水挑回来。"

　　水挑回来了，道长取来一把铜壶，架在红泥小火炉上，烧的却是上好的宣纸。一根香点完，壶里的水也滚过三道，道长提起铜壶，温壶烫盏一遍之后，取出茶匙小心地从茶叶包中取出茶叶放入汤盏之中，然后提起铜壶高冲低斟一番，当茶叶一片一片舒展，释放馨香的时候，道长又把第一遍的茶水弃之不用。然后再提起铜壶三起三落，一气呵成。霎时间，茶叶特有的清香就在风中漫延开来。可是道长却是脸色大变，拿起桌子上的汤盏摔在地上，指着汤员外说，你的仆人一定偷奸耍滑换了肩，这杯中的水分明是污秽之水，怎么能治好你儿子的病。汤员外一听，怎么也不相信仆人换不换肩道长也能够知道，他又没有跟着仆人去挑水。但还是把仆人找来，仆人一听道长说自己换了肩，马上脸色大变，哭丧着脸说："这山高路长，我怎么可能不换肩……"汤员外把仆人打了一顿，再找了一位身强力壮的仆人去挑水。

这次的水挑回来，道长没有再说什么，当茶水泡好，他让丫鬟抱来汤正纯。只一汤匙的茶水进入汤正纯的嘴中，汤正纯忽然两手松开，脸上露出灿烂的笑脸。再一汤匙茶水进入汤正纯的嘴中，汤正纯竟然对着所有的人哈哈大笑起来。

道长交代，茶只能让汤正纯喝七七四十九天，七七四十九天之后就可以不用给他这样喝茶了。可是七七四十九天之后，汤正纯却是依赖上了茶，早、中、晚三顿，一顿没有先来一点茶，就大哭大闹。而且还必须像当初道长给他喝过的茶一模一样，稍有走样，他就不吃不喝。

汤员外夫妻两个也认为多喝点茶不是什么坏事，无非就是买点好茶，烧点宣纸。何况家大业大，也不在意这几个钱。

不知不觉汤正纯这样喝茶就喝到十六岁，可惜十六岁的人除了越喝越精的茶道，别的什么本事也没有学到。为了能够接到自己传下的家业，汤员外决定把他送到龙泉县城自己家的店铺去学做生意。

汤员外对汤正纯说，你也知道家里在龙泉县有三十六家店铺，每家店铺都是经营着不同的生意，有棺材铺、有杂货铺、有粮食铺、有开水铺……你呢每家店铺就学一个月，这样刚好三年，三年之后你也就懂得各个店铺是怎么一回事了，我也就放手让你去做生意了。汤正纯听完汤员外的话，就问汤员外一句话：能让我喝上茶吗？汤员外思索良久，问汤正纯一句："你能够把茶戒了吗？"汤正纯站在汤员外边上，愣愣地说："没有茶喝我就不去。"汤员外只能无奈地点头同意。

只要天天能够喝上宣纸烧的山泉水泡成的茶，去哪里汤正纯也同意。可这些店铺的管家却不乐意了，本来汤正纯不来，自己一间店井然有序，现在倒好，太阳还没出来就得安排人去挑山泉水，而且不能换肩，一担水回来，前桶才烹茶，后桶洗手洗脚。一天三次，稍微没有安排好就大吵大闹。于是有些管家索性劝汤正纯把店卖了，他可以安安心心地去品自己的茶，汤正纯一听还真的就把店一家一家卖了。

汤员外一听说汤正纯把所有的店卖了，只为了自己能够安心品茶，"败家……"的话还没有说完，就两脚一蹬，撒手而去。

汤员外走了，汤正纯更是放开手脚喝自己的茶，先是卖田，后是卖地，卖到最后汤正纯成了一名叫花子。就是当叫花子，汤正纯也与人不同，他向人讨的是茶，喝了之后还不忘记对人家的茶指手画脚一番。

这天，汤正纯茶瘾发作，正在难受的时候，忽然闻到一阵茶香，他马上从稻草堆中爬了起来，四处张望，却见一棵大樟树底下，坐着一位银须飘飘的老道长正在煮茶，汤正纯连忙跑到老道长的身边讨茶喝，老道长看着汤正纯忽然大惊，指着汤正纯问："你是不是叫汤正纯？"汤正纯说："管他什么名字，先给我喝杯茶再说。"老道长给了汤正纯一杯茶，汤正纯慢慢品完之后，才说："是的，我叫汤正纯。""那怎么变成这样？"老道长带着疑问的目光问汤正纯。

汤正纯叹了一口气说："一切皆为杯中茶呀。"

老道长这才知道汤正纯因为贪茶而把家败光了，不由得捶胸顿足地说，这都怪我呀。

原来汤正纯刚出生的时候，是因为他的母亲吃得太好，吃滞了，于是道长想到用茶水喂养，定能把汤正纯肚内的滞物给化去。可道长一生喜爱品茶，刚好当天晚上又做了一个梦，梦见一位仙人对他说，宣纸烧出山泉水泡的茶可以明心益智，于是他就借给汤正纯治病的时机，让自己也品尝一下宣纸烧山泉泡的茶。可谁也没有想到，汤正纯却因此爱茶成瘾，最后把个家也给败了。

成也是茶，败也是茶，道长最后决定把汤正纯带上狗牯脑山，让他一生种茶、制茶、品茶。也许正是汤正纯的爱茶如命，经过汤正纯侍弄的茶竟然成了皇家贡品，汤家的茶业也代代兴旺发达，这也是老道长做梦都没有想到的。

狗牯脑茶传说

蓝万根　搜集整理　　讲述人：刘柏

很久很久以前，狗牯脑山头上住着一个后生仔。他家以狗牯脑山头作菜园，园中石头多、泥土少，几乎没有种菜的地方，只有一棵又高又大的桂花树和十几棵茶树。这些茶树虽然长得青翠茂盛，但后生仔缺乏做茶技术，做出来的茶叶都是红水茶，泡出来的茶水有一层油脂一样的东西浮在上面，使人喝了感到饱腻。那位后生仔在无米下锅的时候，就靠喝这种红茶充饥。

一天，有个瘸腿老头来到狗牯脑山下讨饭。看上去，这老头面黄肌瘦、移步艰难，那条瘸腿烂得只见脓血不见皮肉，一大群苍蝇嗡嗡地围着他团团转……真是叫人可怜又令人恶心。狗牯脑山下的人们虽然都很同情瘸老头，但是大家都很穷苦，谁也舍不得施舍一口饭给他吃。

快要天黑的时候，瘸老头才一瘸一拐地爬到了狗牯脑山头上，受到了那位后生仔的热情招待。后生仔献上滚烫的红茶又把唯一的小半碗米煮成稀饭，全端给老头喝了。他自己只喝了一碗红茶充饥。

瘸老头吃饱喝足以后，又要求借宿。虽然后生仔家里只有一张床铺，那瘸老头的烂脚又臭气熏天，可那后生仔硬是连眉头都没有皱一下就爽快地答应了。

二人同铺睡到半夜，瘸老头忽然对后生仔说："你确实是个善良人，我没有什么东西报答你，让我教你做茶叶吧？"后生仔也就迷迷糊糊地跟着瘸老头学了起来。瘸老头一边耐心细致地讲解，一边手把手地教。很快，一锅香喷喷的新茶就做好了，只见那茶叶像鱼钩子那么细嫩，像春天的新树叶子那么青绿；一阵阵香气直扑鼻孔，真格比八月的桂花还要香。瘸老头还亲手泡了一碗新茶叶叫他尝尝，只见那茶水已没有往日那种红色和油脂，而是碧绿中透着金黄，清晰见底，一朵朵重新舒展开来的绿叶，像一柄柄绿色的小蘑菇，直竖在碗底；后生仔端起茶碗轻轻地嚅了一小口，啊，一股浓厚醇酽的香气直冲五脏六腑，余味无穷，经久不去。他高兴得连声称赞："好茶，好茶！""好吗？那你以后就用这种法子去做茶吧，只要茶叶做得好，你就不会挨饿了。"瘸老头说完，便化成一道白烟，不见了。急得后生仔连声大喊："师傅，师傅——"后生仔双脚用力一蹬，才发觉自己还躺在床上，原来是南柯一梦。他伸手摸摸睡在身边的老头，发现老头真的已经不在床上了。他立即翻身下床，从屋里找到屋外，找遍了整个山头，也不见人影。

到了清明时节，后生仔摘回鲜嫩的茶青，按照瘸老头教给他的制茶方法，仔仔细细地加工制作。出乎意料的是，做好的茶叶竟和他在梦中见过的茶叶一模一样，一样的细嫩，一样的香甜。

从此，狗牯脑茶叶便出了名了。那位后生仔的生活也一年比一年好，娶了媳妇，生了儿女，并把神仙教给他的制茶技术当作"家传秘方"，一代一代地传了下来。

金琚——金橘

张修权　搜集整理

在很久很久以前，有一年春天，南来的燕子嘴里含着一粒从海外仙山衔来的种子，从遂川堆子前飞过时不慎掉落在山脚边一家姓金的屋后菜园内。一场春雨，这粒种子在湿润、肥沃的土中生根、发芽，转眼间长成了青枝绿叶的树苗苗。

姓金的人家只有两公婆，都四十大几了，无儿无女，孤苦伶仃。这天两口子进园里修菜，一眼就看见那棵水灵灵的小树苗，左瞧右瞧，总认不出是棵什么树。两人商量：反正树苗有这么高了，把它留下来吧，因此，每逢修菜的时候，他俩也顺便给这棵树苗锄草松土，淋水浇肥。日复一日，年复一年，第四年春上，小树苗开花结果了。到了秋天，枝头上挂满了黄澄澄的细果子，满树金光灿烂，清香扑鼻，世上少见。一时轰动了方圆十几里的村庄。人们都纷纷传说金家出了宝树仙果。

一传十、十传百，此事很快传到了县城，县官听了大吃一惊，立刻亲率差役，打道下乡前去察看。来到金家菜园，县官眉头一皱计上心来：如将这珍果上贡皇上，定能加官晋爵。他打定主意，急唤差役们将满树果子一个不剩全都摘下来，带回县里，连夜派人送往京城，献给皇上。皇上一看，这果子个儿小巧，皮色金黄，真乃世上稀物，尝尝，甘甜醇美，口角留香，堪称人间佳果，于是龙颜大喜，马上赐县官加升一级，赏白银五百两。

事后，皇上暗地思量：此等珍品应归帝王之家，绝不可流落民间。于是传下一道圣旨：命当地官府监管这棵宝树，结果时更是派兵严加看守，果熟后全部上贡朝廷，不得散失一颗。

说也奇怪，就在宝树初次开花的那年春天，年过半百、未破过身的金家女人怀孕了，到冬天生了个伢崽子，眉清目秀，惹人喜爱。两公婆老年得子，视如明珠，看成宝贝，请先生给他起了个名字叫金琚（琚是古人佩戴的一种玉），取金玉贵重之意。寒来暑往，一晃十年过去了，小金琚长到了十岁，穷人家的孩子日子过得虽苦，却磨炼出一股倔强的劲儿。金琚眼看着自家树上的果子年年被官府摘个干净，心中很气愤，更不服气，他暗下决心：一定要摘些果子给爹娘和乡亲们尝尝鲜。

这年秋天，一个月朗星稀的晚上，看守果树的兵丁们见月明如昼，料无人敢来，全部钻在屋里打牌赌钱，饮酒作乐。金琚一看机会难得，连忙摸进菜园，悄悄地爬上了树，自己先囫囵吞枣地吃了一顿果子，又装满了身上的大小衣袋，赶紧往下爬，毕竟人小心慌，手忙脚乱，金琚一失手从树上跌下来，"咚"的一声响，惊动了屋里的兵丁，兵丁们蜂拥而出赶到园里。一看是"偷果"之人，马上乱箭齐发，金琚身中数箭，突然倒地，兵丁们搜净了金琚衣袋里的果子，扬长而去。待金家两老赶来时，金琚已气息奄奄，失神地望着哀号痛哭的年迈双亲，睁着双眼怀恨而逝。

第二年的清明节，金家老两口去给金琚扫坟，意外地发现儿子坟上长出一大片小树苗，绿油油的，有好几百株，仔细看看，就是自家菜园里那种果树的苗。两位老人流着泪，将这些小树苗移栽在儿子坟墓的四周山上。经过几年的辛勤培育，满山遍岭的果树枝繁叶茂，金果累累。金家老人将果子送给四乡八村的穷苦人，人们既尝了新，又留下了大量的种子。等到官府和朝廷发觉后，这些种子已广布民间，到处生根发芽，遍地开花结果。

为了纪念金家夫妇和他们的独生儿子，人们把这种果子就叫作"金琚"，为显示果木之意，将"琚"换成了谐音字"橘"。从此，"金橘"的果名就传扬开了。

板鸭的传说

刘述涛　搜集整理

明朝末年，龙泉县出了一位很能干的厨师刘仁杰，他能够在一只鸭子身上做足功夫，通过烹、煎、煮、炸、蒸、清、水、合……十八门绝技，把一只鸭子从头到尾做成九九八十一道绝不重样的菜。

正是凭着这手精湛的做鸭厨艺，刘仁杰被县官举荐到皇宫，成了御膳房一名专职给皇帝做鸭席的御膳房厨师。

有一天，刘仁杰身上起了点内火，就偷偷宰杀了一只鸭子，准备煲汤清补。当刘仁杰给鸭子烫毛、开肚，弄干净正准备下砂钵炖汤的时候，忽然听见外面传来司膳太监李公公的声音，让所有的厨师到御膳房外接旨。刘仁杰生怕自己偷鸭子私吃的事被李公公发现，慌忙之际只得把鸭子平摊在案板上，然后再盖上菜板。还不放心，刚好旁边有一堆刚刚做完咸鸭子的盐，于是又把盐推到鸭子身上。

走出御膳房，只见李公公在点名，点完名后，李公公说，你们御膳房108房厨师听着，下个月的腊八，是皇太后的寿辰，皇上下旨，所有御膳房的厨师都必须拿出一道全新的菜肴，不能够跟原来做过的菜有任何雷同。李公公还特意指着刘仁杰说，刘仁杰，像你的九九八十一道鸭全席就不要端上去了，皇上和皇太后都吃厌了。所以你们都必须好好想想，今天离下个月的腊八还有二十天时间，到时你们拿不出新鲜的菜肴，那就等着杀头吧。

李公公走了，但他的话却在刘仁杰的心里像擂着的鼓一样响着。刘仁杰想得头痛，也没有想出自己手上除了九九八十一道鸭全席，还能够做出什么新鲜的鸭菜来。做别的不是自己的强项，何况打铁卖糖各干各行，在宫里，更是分得细，像刘仁杰除了做鸭子，别的任何一个菜系都不需要他掺和。

一天过去，两天过去，整整一个星期过去，刘仁杰还是没有想出什么新鲜的菜来。刘仁杰忽然对自己说，不想了，不就是死吗？死就死，十八年后又是一条英雄好汉。对死看开，刘仁杰这时忽然想起，菜板底下的盐堆里还有自己藏着的那只鸭。

从菜板底下拿出这只鸭，刘仁杰正想着怎么样吃掉它的时候，李公公忽然间神不知鬼不觉地站在刘仁杰的面前，指着刘仁杰手里的鸭子喊道："刘仁杰，你不想活了是嘛？竟敢私吃御膳房的鸭子。"刘仁杰心一惊，手里的鸭子差点掉到地上，好在刘仁杰聪明，马上脱口而出："公公，你可不能冤枉我，我这是为皇太后寿辰准备的菜呢。"李公公一听，心里想，你被我抓住了把柄，还要像你手中的鸭子一样死了还嘴硬，我倒要看看你到底怎么圆你的谎。

于是李公公指着鸭子说，好呀，刘仁杰，今天你就给本公公说说你手中的鸭子，准备怎么弄成新的菜肴。刘仁杰心想，现在怎么样都是个死，还不如死马当成活马医，多拖点时间。刘仁杰这么一想，马上就口若悬河，他举起手中的鸭子，对着李公公说，你瞧好了，这只鸭是我从上万只江西麻鸭中挑来的上等麻鸭，它多一钱就肥，少一钱就瘦。我先用精盐腌好，现在正准备找个有阳光有风的地方晾晒，等到晾晒到腊八这天，这道新鲜的菜肴也就好了。

"好，我倒要看看你到了腊八这天，拿什么端上桌给皇上、皇太后享用。"说完这句李公公悻悻地走了。

转眼之间，腊八就到，刘仁杰知道自己离菜市口近了，做这道菜的时候，也就没了心事，为了省事，烹、煎、煮、炸都没用上，任何佐料也不放了，就这样放在锅里蒸，等到蒸熟之后，切成块状，然后按照孔雀开屏的姿势摆好，呈了上去。

半个时辰之后，刘仁杰忽然听到"刘仁杰接旨"的声音，刘仁杰知道死期已到，他跪在地上，对着家乡龙泉县的方向叩了三个响头，头刚叩完，耳边却听见传旨的太监说："刘仁杰，皇上等着回话呢，你做的这道菜到底叫什么，你怎么不吭声呀？"刘仁杰这才猛然间醒悟，原来自己呈上去的鸭子，不但皇上吃了龙颜大悦，就是皇太后也赞叹不已，所以特意传旨追问刘仁杰这道菜名。刘仁杰一时也想不出什么好的菜名，只记得这只鸭子在菜板上压了，于是脱口而出："回公公，这是腊味之王——板鸭！"

　　板鸭就这样成了美味佳肴，刘仁杰也因为这盘板鸭被皇上赏赐了不少财物。并且开始在南京城外的淮河边上专门建起了御鸭房，专职给皇宫进贡板鸭。可惜好景不长，清兵入关，刘仁杰也就潜回家乡龙泉县，开始在龙泉县做起了板鸭生意。如今的龙泉（即遂川县），板鸭做得好的，大多数都是姓刘的，这是因为姓刘的才真正得到了刘仁杰的真传。

香 菇

彭义福　搜集整理

相传在很久很久以前，巫峡北岸的神农架下，住着以狩猎为生的父女俩。姑娘名叫香菇，出落得如花似玉，而且有副菩萨心肠，寨子里有人没米下锅，她就慷慨送去麂子腿、野猪肉；谁家老小生病，她就采来草药，帮着熬好后送去；哪个缺衣少衫，她就送去平时收藏的虎皮貂裘。一天，山外财主进山打猎，看见香菇年轻美貌，便起淫心，喝令随身喽啰把香菇强行抢回家中，硬逼着她答应做偏房。"花烛"之夜，聪明的香菇略施小计，假装温存依顺，用剪刀捅死了醉醺醺的财主，趁着黑夜逃离虎口。

跑呀！跑——

没过片刻工夫，香菇身后就出现了一串长长的"火龙"，财主家派人追捕来了。

"快跑！"

"咬咬牙使劲跑。"

香菇暗暗下令。可是她毕竟在黑暗中摸着跑，而家丁却有火把引路。距离慢慢缩短了，最后，香菇被逼上一道陡峭的山崖，家丁们龇牙咧嘴围了过来。绝望之中，香菇借着火把的光亮，对准脚下一段很大很长的枯树跳将下去，身子软绵绵的，就像和树干黏在一起似的，她昏迷过去了……

恍惚中，有一位白发苍苍的老人手持一把褐色雨伞，来到香菇面前说："好姑娘，你把这伞拿着，他们就永远追不上你了！"香菇感激地接过雨伞，就不知不觉地飘飘然向远方飞去。

后来,在她昏睡的枯树上,奇怪地长出了一个硕大的香蕈。有人说,这香蕈是香菇为报答大地的养育之恩特意留下的。此后,香菇就专门长在深山树林里,给劳动人民采撷食用,而不愿到假山花园里落脚,供财主们享受。

冬 笋

樊命生　搜集整理

早先，只有春笋，没有冬笋。

古时候，在一个山村里，有一户农家住着两娘崽。一年冬天，他的娘得了重病，不几天就病得懵懵懂懂。

一天，他的娘说要泥鳅吃，这可把他急坏了。冬天，冷得要死，到哪里去找泥鳅呢？没办法，一贯不让娘受气的他，只好卷起裤脚到冰冷的田沟里去挖泥鳅给母亲吃。

第二天，他的娘又说要肉吃。这又急得他打圈圈，家里吃饭都是有上餐，没下餐，哪里来肉呢？最后，为了使母亲能吃上肉，他便去山上打野兔……

几天后，他母亲的病更重了，连呼吸都已经很微弱了。这天清早，他听得母亲断断续续地说要笋吃。哎呀，天啦，冬天里，哪里有笋呢？弄得他掉下了眼泪，他想去跟母亲说清楚，但又想，娘一生吃了好多苦，现在怕要"回"了，应该想办法让她吃到笋，到了阴间才安心。这样，他就扛起锄头，抱着侥幸的心理朝山上走去。

他在竹山上挖了半天，累得满头大汗，也没有看到笋的影子。泪水更加多了，一串串往下掉。他含着泪不停歇地挖着，挖着……突然，前面走来一个白须老人。老人和气地问他什么事。他便把事情告诉老人。老人听后，高兴地往竹林深处一指："看，那里有笋。"果然，他在那里挖到了几只粗壮的笋。

原来，那老人是神仙，看见他对娘实在有孝心，便下凡帮助他。

从此，人间就有了冬笋。

古风吹来的记忆——遂川民间故事
GuFeng ChuiLaiDe JiYI

风物传说

白水仙传说

七姐侍母

热水洲传说

热水洲"爱情天梯"传说

天子地

力大无穷的"郭家将"

高坪五指峰的传说

仙人井

雩溪古塔传说

鹤堂仙的传说

米石岩

葛仙崖

石人公和石人婆

石妖显形

断臂石怪

"蚊蚋"石

雷劈石狮嘴

斗笠岭上降蛇精

米岭和花竹洞

白水仙传说

郭赣生　搜集整理

相传在唐朝天祐年间，万安五丰住着一位心地善良、见义勇为、名叫郭宗玉的青年渔夫。郭宗玉以打渔为生，练就了一身好武艺，刚正不阿，喜为穷人打抱不平，深得乡邻的尊重与爱戴，官府地痞却恨之入骨。郭宗玉娶了个勤劳、美貌、贤惠的妻子，生下三个可爱的女儿，大女儿叫"牡丹"、二女儿叫"珍珠"、三女取了个男孩的名字叫"登山"。一日，郭宗玉下河打鱼，一个富家恶少溜进了郭家，欲强奸郭妻，郭妻反抗不从，恶少竟将其活活勒死。郭宗玉回家见状，怒不可遏，上门将恶少打死，然后带着三个女儿逃进遂川碧洲的深山老林隐居起来。那时大女儿才12岁，小的9岁，日子过得相当艰难。几个月后，恶少家人带着一群家丁地痞来到碧洲，将毫无防备的郭宗玉乱棍打死。郭宗玉死后，他的三个女儿被附近的一位好心老人收养。老人鳏寡一人，以采药为生，懂医道，视郭家三姐妹如亲生女儿一般，悉心照料，并将药医知识热心传授。一日老人上山采药，不幸摔断腰骨，卧床不起。三姐妹为报老人的抚养之恩，视老人为己父，煎药熬汤、端屎端尿，服侍无微不至。为攒钱给老人治病，三姐妹轮流上山采药卖钱，对老人悉心服侍，寒来暑往，孝心不减。两年后，老人终因病重离世，三姐妹悲恸欲绝。此后，姐妹三人相依为命，采药卖钱度日。冬去春来，年复一年，三姐妹在碧洲深山里攀岩踏壁，寻采草药。由于姐妹三人齐心合力，不畏困难，勤奋劳动，生活渐渐好了起来。三姐妹心地善良、用自己的医药技术热心帮助穷苦乡邻，送药看病，从不收取分毫，并经常周济生活困难的人家。当乡邻们知道三姐妹苦难的身世，被她们的孝善之心感动，都把她们当作自己的亲人，予以关怀爱护，逢年过节，都热情邀请她们到家做客。三姐妹的苦难和孝善之心感动了人间，也感动了天地，一日神农仙云游至此，知晓她们的情况后，决定帮助她们，让她们登仙班、列仙位。三姐妹受尽人间千般万苦，听神农仙说要度她们成仙，而且成仙后能有更大的本事帮助穷人，便忙跪下向神农仙磕头。神农仙要她们各在一处修炼，不许互相说话，且要修炼七七四十九年才可成仙。三姐妹恪守师训，潜心修炼，不论数九寒冬、炎炎烈日，从不敢偷懒懈怠。时间过得飞快，转眼过了四十九年。因碧洲山高水雾的浸润，三姐妹全身修炼得白光耀眼，光彩动人。当地山神见了，顿时被她们的美丽惊住了，不愿她们飞升登天离去，决心要将她们点化成碧洲靓丽的风景点，永留在此。于是，一日山神装扮成神农仙，分别给姐妹三人服了丹砂，不一会儿，三姐妹羽化飞升，化成三叠瀑布，形似飘飘欲仙的少女，三叠瀑布自上而下，连为一体。永远以飘飘飞升的姿态迎接游人。

七姐侍母

钟云峰　搜集整理

　　位于遂川县城东面六十多里的碧洲镇白水仙风景区的古庙旁，一棵古树蔸内长出两根大苦竹七根小苦竹子，情景十分动人。对此，当地群众有一个美丽的"七姐侍母"传说。

　　相传很久以前，县城里有一对青年男女。他们情投意合，欲结良缘，但遭家人反对，无法成婚。这对青年恋人就偷偷逃到这白水仙里藏身。从此后，他俩就在这白水仙里搭起草棚，开荒种地，生儿育女，度过平生。

　　这对夫妇没有生得男孩，只生了七个小女。可夫妇俩非常疼爱她们七姐妹，视作掌上明珠。七个女儿个个长得如花似玉，且聪明伶俐，勤劳贤惠。父母把女儿当成自己的命根子，含辛茹苦地把她们养育大。女儿们也很懂事，对父母十分孝敬。父母见女儿个个都长大成人了，劝说女儿早些婚配，可女儿们谁都不从。说什么父母没有生得男孩，女儿就是父母的男儿，要尽心尽责服侍父母一辈子。女儿们的举动，使两位老人很感动，伸出拇指直夸奖说："好女儿！好女儿呀！"

　　这七个女儿个个通情达理，很懂事理。她们认为父母是苦命人，为女儿们吃了一辈子苦，现在应该由女儿来孝敬了，该享享清福了。

　　七个姑娘对父母尽心敬孝，侍候至微，使父母晚年过得很幸福。七个姑娘除了耕田种地，缝衣织布外，还识字习武，济世救贫，当地群众赞称她们为"七仙女"。七个姑娘在父母百年之后，仍然住守深山没有婚嫁，在那里度过百年。白水仙姑也被七姐妹的孝心所感动，把她们全家安置在白水仙庙后面的一棵古树蔸里。于是，古树蔸里长出二大七小九根苦竹，冬去春来，循环往复，长生不老。七姐侍母的佳话也越传越远。

热水洲传说

刘述涛　搜集整理

传说尝百草的神农当年在全国各地寻找一个可以一年四季晾晒草药的地方，寻来寻去，终于在遂川的南风面山顶上，发现了这么一个四季都刮南风的地方。南风俗称暖风，对于药草的生长和晾晒起到了关键作用。

自从找到了南风面这个地方，神农就在南风面建起了洗药池，晒药谷，熏药间等一系列的草药制作基地，你现在到南风面去，这些洗药池还清晰可见。

虽说南风面一年四季都是南风，但到了秋冬两季，神农蹲在洗药池边上，用冰冷的山泉水洗药的场景，还是令许多人看见了心疼。同样心疼的还有一位站在天界上王母娘娘身边的五仙女，这位五仙女每天透过云层，看到用冰冷刺骨的冷水洗草药的神农，心就无比疼痛，想把自己化作一捧热水，让神农使用才称心。

真正要说起五仙女和神农的结缘，还得从王母娘娘说起。有一天，王母娘娘忽然想起南海仙翁曾经答应过她，要送给她一枝万年的灵芝。王母娘娘这日掐指一算，万年灵芝在农历的六月初六就刚好成熟。于是，王母娘娘就命五仙女化成仙鹤到南海仙翁处取灵芝。谁知，五仙女变成仙鹤，飞在天空中，就要飞越南风面的时候，却被当地猎人当成普通的白鹤给打了下来，好在遇到了神农，神农从猎人手里要到了受伤的仙鹤，并把她带到了南风面，神农每日给仙鹤换药送水，仙鹤也目睹了神农冬天用冰冷的山泉水洗草药的情景。

一个月后，五仙女变成的仙鹤身体好利落后，神农把她放飞，五仙女飞上了天空，围着神农足足绕了五圈，才恋恋不舍地离去。

从此，神农的一切，五仙女就记在了心上，尤其是神农大冬天还要就着冰凉的山泉水洗药，更是让五仙女心里觉得难过。怎么样才能够真的帮到神农？让神农一年四季都能够用上热水，五仙女绞尽脑汁天天想的都是这件事情。就在五仙女觉得自己的能力有限，也许永远也不可能帮到神农的时候，她却听到和她一起服侍王母娘娘的六仙女说，王母娘娘洗澡的瑶池里的水，装一点洒到人间，就能够化成温泉，一年四季都有使用不完的热水。

六仙女的话，五仙女牢牢地记在心上，机会终于来了，一年一度的八月初八王母娘娘到瑶池沐浴更衣的日子到了。五仙女服侍王母娘娘沐浴更衣后，趁所有的仙女不注意的时候，用小金桶装上一小桶瑶池里的水洒了下去，谁知水却被大风一刮，落到了遂川的汤湖，五仙女不甘心，索性一不做二不休，又从瑶池里舀出满满一大金桶的瑶池水洒了下去，这次的水落在离南风面不远的大汾，也就是现在的热水洲。

从此，遂川的汤湖和热水洲就有了长年不断的温泉水，而热水洲的热水量又比汤湖的更多更热，这就是五仙女后来那一金桶装得更满更多瑶池水的缘故。自从有了热水洲的热水，神农洗药就舒服了许多，不但在热水洲用上了长年不断的热水，有时还可以在热水洲洗个天然的热水澡。

这一切，五仙女看在眼里，喜在心头，觉得自己终于帮助到了自己的恩人神农。谁知道好景不长，五仙女私自将瑶池水洒向人间帮助神农的事，还是被王母娘娘发现了，王母娘娘大发雷霆，要把两处温泉收走，并且让两处温泉永远不出热水。五仙女跪在王母娘娘边上哭求，说只要不收回洒下去的瑶池水，给她什么样的惩罚，她都接受。最后王母娘娘也被五仙女感动，但还是把五仙女化成了一座大山，让她永远地守在汤湖和热水洲的中间。所以，现在的五指峰和仙女岩，就是五仙女所化的。

热水洲"爱情天梯"的传说

郭相焕 古志雄 搜集整理

"遂川西南有温泉,万座青山万户烟,最喜年丰人乐业,白云深处也开田。"记不清这首古诗是何人而作,但诗中的温泉指的是遂川西部山区大汾镇的热水洲。

清乾隆年间,十多户从广东迁居过来的林姓家族,在这里安居下来。这里,高山林立峰峦叠嶂,深山幽谷纵横交错;不仅云气泉声四时不绝,且山势雄劲,清雅秀丽。得天独厚的自然条件,使居住在这里的人们与世无争,家庭虽不算殷实,但衣食无忧。

距这里一山之隔的是井冈山市黄坳乡的一个村庄,住着一户吕姓员外,家中较富裕。他有一个如花似玉、心灵手巧的女儿燕娇,她的勤劳和美丽使许多年轻小伙子做梦都想得到她的爱情。

黄坳虽然与热水洲相距不远,但因山高路险,平常少有人会进入热水洲。有一年春天,员外因听说热水洲不仅风光秀丽,且温泉神奇,便兴致盎然地带着女儿燕娇来到热水洲游玩,不料,走到山路窄得像一根羊肠的"梯子崖"时,由于路面铺满了落叶,而且还有漫流的山泉,他突然脚底打滑摔到悬崖下面的沙砾上,把右脚摔成重伤,疼痛难忍,不能行走。女儿燕娇眼睁睁地看着父亲摔到山下却无计可施。这时,上山砍柴的贵旺,见此情景,立即上前把员外背到热水洲,一边为他泡脚,一边上山采药,晚上还招待员外父女在家吃住。经过一天的治疗,由于温泉和草药的双重功效,员外的伤势已基本恢复。看着贵旺对自己的精心护理和热情照顾,他确实非常感动。但他又非常惋惜:这地方太偏僻,贵旺家也太穷了。而燕娇呢,早已芳心暗许,深深地爱上了这位勤劳、朴实、善良、聪明的小伙子。

深秋的一天，贵旺和几个邻居来到山上摘木梓，忽然，听见对面山上有女人唱山歌："九月桂花香，十月木梓红，山歌如美酒，叫人醉心头。"歌声悠扬美妙,婉转动听。几个小伙子坐不住了,寻声而去。而贵旺一边走一边唱："我家的木梓多又多，十条埂岗九个窝，还有九十九个横排上，排排种有九百多；颗颗木梓阿哥摘，句句山歌阿妹和。"

对面山上几位姑娘听到歌声聚集过来，为首的便是吕员外的千金小姐燕娇。贵旺看到眼前这位姑娘，比前段时间更娇美，更娴雅了，只叹自愧配不上她。

不知不觉，两人一同度过了一个下午，言语十分投缘，彼此从对方的眼神中能悟出几分爱慕。但由于双方有同伴相随，也不便更深地说些什么，分手时，两人眼中充满眷恋与不舍。

回到家中，贵旺向父母禀告了摘木梓遇见姑娘的事。他父亲说"吕员外怎么会把女儿许配给你这穷小子，你不要癞蛤蟆想吃天鹅肉，休了这份心吧"！但他暗下决心，发誓要娶燕娇为妻。而燕娇回到家中，却不敢向父母说出此事，只好暗自相思，惆怅度日。其实，吕员外已经知道女儿的心事了，只是未能把自己的想法跟女儿说。虽然几番劝说，女儿的心病并无好转，且整天愁眉苦脸，日渐憔悴。贵旺在家也是茶饭不思，心事重重。贵旺父亲见状，明知没希望，无奈之下，只好请媒人到吕家提亲，以便尽早了却贵旺的一片痴心。话说当天媒人带着贵旺来到吕府提亲，对贵旺本人，员外一家都非常满意，但有上次的摔伤经历，考虑到女儿的长久幸福，员外迟迟不肯松口。但碍于燕娇的一往情深和贵旺的相助之恩，也难以断然拒绝，只得出个难题难倒他。就说，贵旺这小伙子不错，要娶本家小姐可以，除非明天就八抬大轿前来迎亲。其实，大家都心知肚明这是员外婉言拒绝，热水洲这路根本不可能过八抬大轿。

贵旺听到员外如此苛刻的条件既着急，又伤心。殊不知，热水洲距仙口虽有3.5公里路程，但山峦连绵起伏，地形高峻险要，不要说抬大轿，就是行走在路上都必须小心翼翼。贵旺为了这纯真的爱情，便把这缘由向林家的长老说了，长老被他们的真情感动了。于是，他们立即组织村中的所有劳力，连夜抢修简易道路。一时间，热水洲灯火通明，工地上，人声鼎沸，劈山凿石的呐喊声，震天动地。

　　说来也巧，这天晚上，观音娘娘从蓬莱仙阁回南海，路过热水洲上空，见山间一簇簇火把在移动，好像一条巨龙在山间舞动。

　　她赶紧按下云头一看，见许多人正在修路，一处峭壁风沙走石，大石块翻落在修路的人群中。"晚上修路，好险啊"！观音娘娘暗自惊叹。于是，观音娘娘来到上天竺寺，向如来佛借来供桌前的一只香炉，对准几座岩石随手一摔，只见空中射出万道金光，一声巨响，山中的几处峭壁即刻倒在山下，而一只香炉脚却露在半山腰上化成一块仙石。

　　一夜之间，热水洲通往黄坳的简易便道就修通了。第二天，贵旺果真用八抬大轿到吕府迎亲。员外万万没料到事情会有如此结果。看到愁眉不展的女儿心情慢慢舒畅起来，加之头天的当众承诺，他只好答应女儿嫁给贵旺。

　　消息传出后，方圆二三十里的族戚亲朋都赶来庆贺，因为大家听说贵旺对燕娇的真挚感情感动了天地，连观音娘娘都出面帮忙，才使他们终成眷属，拥有甜蜜生活。

　　后来，当地的林姓家族为感谢和纪念观音娘娘的善举，便在热水洲香炉山的山腰修建了"观音庙"，从此，朝拜的人络绎不绝。而庙前梯子崖这段最险要的路，后来被人们称之为"爱情天梯"，这个地方因为是观音娘娘开的一个口子，所以就叫"仙子口"。

天子地

刘述涛　搜集整理

两条小溪从双溪岭的山脚下流过，左边的那条叫左溪，右边的那条叫右溪。黄驼背的鸭子棚就紧挨着左溪，因为左溪当阳，溪水里有着鸭子喜欢吃的小鱼、小虾、田螺，而右溪却背阳，整个一条阴冷阴冷的小溪水，如果不仔细看，是怎么也看不出右溪里面的水是流动着的，双溪岭把所有的阳光都挡住了，什么时候看，右溪河里面只有双溪岭那一动不动的影子。

就是这样一条阴冷如冰的右溪水，黄驼背的女人却喜欢上了，天天都要坐在右溪岸边的石板上梳头、洗衣服，如果有一天不在右溪水里面梳头洗衣服，黄驼背的女人就一天不舒畅，屁股也就像坐在荆棘上一样，总觉得全身难受，黄驼背说自己的女人就是到死也忘记不了到右溪河去找水梳头。

不知不觉黄驼背守着自己的鸭子和自己的女人过了几个春秋，可是冬去春来，却不见自己的女人的肚子有任何起色，有人对黄驼背说不是你的身体不行，而是你女人去右溪河太勤快了、阴气太重，你的阳气降服不了她的阴气。于是黄驼背见到自己的女人要去右溪河就朝着女人发火，"去，去！怎么就不掉进河里做落水鬼，多少次跟你说了，右溪河水太阴……"可是黄驼背的女人却像是没听见黄驼背的话一样，每一次黄驼背说什么，她的脸上是一点表情也没有，只是提着衣服照去不误。

这年的冬天还刚刚起北风，右溪河水就有点冰凉了。

这天一大早，黄驼背刚把鸭棚的门打开，鸭子就全部朝着右溪河的方向飞奔，黄驼背一边嘴里发出"是不是全都要发瘟了"的骂声，一边紧随在鸭子后面去追赶鸭子，可是鸭子却不理会后面的黄驼背，全都扎进了右溪河里。过了一会儿，所有的鸭子围成了一个团托着黄驼背的女人就浮出了水面，黄驼背一把抓住女人的头发，只见她脸色发青，牙关紧闭。

黄驼背把女人背回到家里，一边烧开水，一边用烧酒在女人身上搓，足足搓了半个时辰，才听见女人嘴巴里发出一声叹息。可是从这天开始，女人再也没有离开过床铺，更奇的是从这天开始，女人的肚子也一天天地大了起来，随着女人肚子大起的还有黄驼背家里养的那只母狗的肚子。

农历七月初一，正是进入鬼节的第一天，黄驼背的女人生下一个男孩后离开了人世，随着男孩出生的还有母狗肚子里的两只小狗，这两只小狗一黄一白，黄的黄得彻底，白的白得亮丽，全都是一色没有一根杂毛。更让人惊奇的是这两只小狗仿佛就是随黄驼背的儿子而来的，两只小狗从睁开眼到能够行走，都是跟着黄驼背的儿子一步也不离开。

黄驼背给儿子取了个名字叫黄天一，黄天一从小就和小狗待在一起，母狗也就成了奶娘，

每一天黄驼背拿起碗站在母狗面前，母狗就像是明白了一样，从地上站起来，依在黄驼背的脚边，任由他挤自己的奶。

就这样黄天一一天天长大，黄狗和白狗也一天天长大，黄天一走到哪里，黄狗和白狗也就跟到哪里，更加奇的是黄天一走出家门，他的头顶上就跟着两片云，那两片云的颜色也是一黄一白，所以黄天一成了全天下唯一一个晴天晒不到，下雨淋不到的人。

黄天一长到六岁，黄驼背给了他一根竹篙，让他看鸭子，黄天一仿佛天生的就和鸭子有缘，何况还有一黄一白两只小狗跟在身边，所以他不像是去看鸭子，他倒更像是去左溪边上睡觉，每天一大清早，他打开鸭棚的门，鸭子就自己飞出鸭棚，伸伸翅膀，更不用黄天一招呼就都排好了队，然后黄狗在左，白狗在右，黄天一走在后面，到了

左溪河边，鸭子扑通扑通下了水，黄狗和白狗就蹲在河边的沙滩上，而这个时候黄天一却是竹篙当枕头，躺在左溪河边的沙滩上呼呼大睡。只是黄天一睡觉的姿势十分古怪，从来都是手脚张开，仰面朝天，而头下的竹篙正好和他的身体组成一个大大的"天"字，头顶上还飘着一黄一白的两朵云。

一天，一位道士从左溪河边经过，看见了黄天一睡觉的姿势，道士大惊，然后取出罗盘，顺着罗盘指的方向，就进了黄驼背的家。道士问黄驼背，河边那看鸭的孩子是你的什么人？黄驼背说，我儿子。道士对黄驼背说，此地是出天子的地方，而你儿又有天子之兆。你一定要好好地护住你的儿子以及他身边那两条狗。黄驼背却死也不信，还对道士说，什么天子，你别同我说这鬼话，你越说，越会给我招来砍头之祸。道士见黄驼背不信，只好无奈地走了。

道士走后没两天，黄天一的舅舅来了，黄天一的舅舅这一辈子最大的爱好，就是吃狗肉，尤其是看见狗，就迈不开步，就想杀了狗来吃狗肉。所以一见黄天一的那两条狗，就两眼放光，马上就说，天一，舅舅来了，没什么菜，杀你的狗吃吧。黄天一开始不肯，又哭又闹，可架不住黄驼背的呵斥，骂他不懂事！

狗才刚杀，黄天一就脸色大变，病倒了，好在此时道士赶来，说他掐指一算，就知会出事。让黄驼背把狗赶紧埋到他家后面的山上，在狗下葬之时，不但要像埋葬自己家老人一样，鸣鞭炮，点线香，烧纸钱，还要朝西北方向放当地最响的土炮三声。黄驼背看着躺在床上一动不动的黄天一，这才知道道士说的话没错，赶紧照办，谁知狗还没下葬，就雷鸣闪电，当土炮该响的时辰未到，就点响了土炮。这三声土炮竟把躺在龙床上的当朝皇帝给炸醒了。惊慌失措的皇帝赶忙招来众臣，拿出宝镜一照，才知东南方向有龙气冲天，呈现天子之气。皇帝忙派人到江西省的龙泉县去查，这一查就发现了黄天一及他的狗，于是不但杀了黄天一，还捣毁了狗的坟地。

从此，龙泉县再也没有出过天子，而天子地的故事却一代一代地往下流传。

力大无穷的"郭家将"

郭春伦　搜集整理

从前，龙泉县（今遂川县）某地郭家村住着一对夫妇，丈夫以木工为业，妻子则种菜、理家。夫妻俩心地善良，待人热情，谁家有红、白好事或生活困难，他俩都主动帮忙，热心相助，因而受到了乡亲们的称赞和尊敬。

夫妻俩互敬互爱，家庭和睦，但成亲多年，还没有生过儿女。这可急坏了邻里乡亲，他们烧香许愿，祷告菩萨，让夫妻俩生儿养女。说来也巧，这对夫妇年近半百之时，果真生下一个胖小子，取名"天平"，意思是长大后，要保天下太平。

天平九岁时，父亲因劳累过度，得病身亡。从此母子二人相依为命，苦度岁月。

冬去春来，年复一年，天平长到十五岁，生得浓眉大眼，膀宽腰圆，个头比同龄的少年要高大魁梧得多，力气也大得惊人。

这年正月，天平去祠堂里看戏，见里面挤满了人，连块插足的地方也没有，他想了想，转身向祠堂门口的石狮子走去，把那只有三四百斤的石狮子提起来往右腋下一夹，若无其事地走到祠堂天井中轻轻放下，然后拂了拂衣服上的灰尘，心不跳、气不喘地坐在石狮子头上，看起戏来。

天平虽然力气惊人，但他在母亲的教育下，从没有同别人打过架，吵过口，不仅不依仗力大欺侮人，而且经常帮助无依无靠的孤苦老人挑水、劈柴。

为了生计，天平自父亲死后便上山打柴。天长日久，练就了一副铜肩头，一双铁脚板，长到十八岁，他不但能肩挑五六百斤，而且用手能把碗口大的青竹连根拔起,站在离家十里路远的关崂坳上打个哟嗬如雷鸣,他母亲老远就能听见。

　　天平向来打柴不带柴刀、绳索和扁担。一天,天平来到有干竹的山上,顾不得休息,手拔脚扒,不到一个时辰,就搞到一大堆干竹。他想找粗山藤来捆,四面一看,连根小毛藤也没有。天平手拍脑袋自言自语:"哦,怪不得,这是竹子山,哪有什么藤,呵,有了!这青竹不是可以当藤捆吗?"他连拔了四根青竹,放在地上用脚踩破,把那堆干竹分成两把捆好,再拔根不大不小的青竹当扁担,两头一捆,挑起柴下山去了……

　　天平挑着柴,到了家门口,把柴担往晒坪上一放,用汗巾抹了抹汗,进屋吃饭了。

　　天平的母亲从菜园回来,见柴把放在坪上,为了让儿子多休息一会,想趁天晴把柴解开晒一晒。怎奈一把柴足有三百斤,用尽力气也无法解开,她想了想,进厨房拿出把柴刀,双手举刀朝捆柴的青竹上猛力剁去,卟!啪!刀响竹断。青竹借着弹力的惯性,像把利箭向她头上射去,她只觉得眼睛一黑,"呀"的大叫一声,身子往后便倒,手足一阵抽搐,一会儿全身不动了。

　　天平听到叫声跑出来一看,见母亲躺在地上,忙喊道:"妈!您这是怎么啦,快起来呀!"蹲下身子,仔细一看,母亲两眼紧闭,满脸是血,吓得天平赶紧抱起母亲用手一摸,天啦!一点气息都没有了。"妈呀,都怪我,您死得好苦呀!"天平大叫一声,高大的身躯连同母亲的尸体一同倒了下去。

　　乡亲们闻讯赶来把天平抬到床上,掐人中、灌姜茶把他救醒。可他醒来后,呆头呆脑,一声不吭地坐在他母亲灵前,不吃也不喝,一直守到七七四十九天他母亲"圆七"那天,仰天长叹一声,命归黄泉了。

　　后来乡亲们纷纷传说,天平本是天上一位将星,只因本县某地萧家出了天子,玉帝要他下凡辅佐新天子。可是后来天子被人害死了,将才也就没有用了,必须同天子一道归天。但为了报答母亲的养育之恩,天平在母亲灵前守完四十九天灵后才归天。

　　至今在遂川民间还有"萧家天子郭家将"的说法。

高坪五指峰的传说

李观平　搜集整理

在遂川高坪镇与赣州上犹县交界处，有一座著名的山脉，叫五指峰。这座山峰，是全国叫五指峰的山峰里最像五个手指的。从硫黄洞看去，极像五个手指的山峰绝壁峭立，昂首苍穹。

这条山脉绵延几十公里，是典型的花岗岩垂直发育地貌，和闻名全国的黄山、张家界的地质类型相同、地貌相似。这里的花岗岩峰林、峭壁、奇松、怪石、云海景观非常壮观。

这里的松树属黄山松，树形奇特优美。奇石有仙人脱靴、金鸡报晓、花轿迎亲、蝮蛇出洞、双龟出水、雄鹰傲视、仙人指路、仙人椅等，无不形神俱备。一年四季，云蒸霞蔚，神秘莫测。

五指峰峭壁之间生长着珍奇药材石斛和石耳。石斛号称长生不死药，在唐代十大贡药中位居第一。石耳生长在石头上，外形类似黑木耳，被推为清热降火第一良药，也是一种名贵药材。为了采摘这些名贵药材，这里曾经发生过一段十分凄惨的故事。传说很久以前的某一天，一位号称"石壁飞人"的人伙同一位号称"恨崖低"的湖南的采药人风闻这里有如此奇药，结伴来到五指峰，他们中的"恨崖低"用绳索降到峭壁之中，看到峭壁中有些浅浅的石窝，石窝里生长着传说中的不死仙药——石斛，他兴奋极了，就拼命地采摘起来。采了一处又一处，绳索在悬崖上移动，摩擦着尖锐的石头棱角，发出轻微的战栗的索索声，采药人在山间飞动，仿佛仙人在峰林里舞动。日影东移，不觉黄昏。绳子磨损得厉害，采药人也累了。突然他看见不远处的石头缝隙里，生长着一株极大的石斛，开着鲜艳的花，这么大的石斛，采了几十年药的他从来没看过。他一阵狂喜,决心移过去采下来。他小心地挪动身子,近了近了,石斛在夕阳中闪耀着迷人的光泽。他伸手挖下石斛,心中一阵狂喜,可是转瞬间一种不祥袭上心头,他抬头一看,绳子已经磨出了许多口子,裂口处散开的纤维仿佛是魔鬼的胡须,显得那么阴森恐怖。更可怕的是,太阳只剩下最后一点唇边,仿佛是魔鬼的红唇。快点上去吧,他这样想。他开始调整自己的位置,奋力向上攀缘。突然,他似乎看到一条可怕的蛇,沿着绳索向他爬来,他大叫一声:"蛇呀……"他本能地挥刀向蛇砍去,绳索应刀而断,他发出一声凄厉的惨叫,坠落万丈深渊……

"石壁飞人"听到"恨崖低"大叫一声"蛇……",不由得全身毛骨悚然,紧接着他又听到惨叫,知道同伴出事了,受到极大震撼。他想立即下去寻找,无奈天色已晚,只得静等天明。山风呼啸,不时传来几声凄厉的猿鸣,石壁飞人在伤感和恐惧中感觉昏昏沉沉,似梦似醒之间,他看到"恨崖低"浑身是血走到他面前,说:"我因为太过贪婪,不小心葬身崖底,好在此地颇有仙气,葬身此处也不亏。明天,希望你能到崖底看我一眼,崖底太深,你也不可能把我尸身带回家乡,你就只要在能看到仙人脱靴之处用些石头泥土覆盖,我就感激同乡之情了。再有,你也早些回去吧,这些生长在峭壁之间的仙物,都有灵气,像我们这样竭泽而渔式的采摘,实在有违上天好生之德!"

"石壁飞人"细思梦中之事,也知是自己思虑所致,但再也无法入睡。天亮之后,即绑好绳索,下到沟底,找到"恨崖低",恨崖低尸身已经僵硬,绑在身上的绳索还在,离身一尺多断口处平整,分明是刀砍而断。石壁陡如刀劈斧削,要把尸身弄出崖底几无可能,只得遵梦中之嘱,就地安葬。"石壁飞人"抬头一看,不远处一块奇石,高达几十丈,上面另有一块石头,也高达几丈,绝类一只靴子。"这就是仙人脱靴了","石壁飞人"想,"就让他在这里安息吧。"泥土是没有的,"石壁飞人"找了一些石块覆盖在"恨崖低"身上,就算安葬他了。然后,"石壁飞人"爬上悬崖,向不远的高坪镇人讲述了这个故事,"也许是疲劳之后的幻觉,也许是山神显灵,"他最后说。然后就回湖南去了，从此，他不再采药，转而尽力宣传保护珍稀植物的重要性，因而得享天年。

那个仙人脱靴巨石，也有一个美丽传神的传说。

秦始皇帝三十三年（前214），秦发大军50万分五军战五岭，使尉屠睢将五军，其中一军守庾岭界，置南壄县，这就是现在赣州建城之始。屠睢命令随从的地理先生勘查建城位置，地理先生选定章江南岸建城，认为需要九条山系形成的龙脉来确保长盛不衰，万年永固。于是地理先生焚香祷告，请求二郎神杨戬动用法力从全国各地驱龙而来汇集赣州，立马之间，八龙汇聚。杨戬驱使最后一条龙脉前来，到达今天五指峰这个位置，这条龙突然感觉不妥，同时看到周围环境清幽秀美，若有所悟，遂不愿再前行，于是停留下来不走了。杨戬看到马上就要大功告成，龙却抗命不行，仙颜大怒，一神鞭砸下去，砸出了一个深深山坳，但龙却怎么都不愿再前行，僵持之间，姜太公路过，前来劝说，龙说："于公于私我都不能再往前了，于私我贪图这里风景美丽，于公如若再前行，将于京城风水相类，或将造成国有二君，民不聊生。那时我将粉身碎骨，所建城池也将生灵涂炭。望大仙见察！"杨戬一听，屈指一算，果如龙脉所言，所谓九龙之尊国都所在。但自己受人之托，如若食言，以后在仙界如何立足？龙脉看杨戬神态，已知其所思，于是说："大仙，这样吧，我抬起头，能看到南壄城，也算九龙做南壄了，南壄也能永保太平长盛不衰！"说着，高昂起龙头，就形成了现在的五指峰旁不远的像高昂的龙头又像出土竹笋的石笋顶。天气晴好，视力超群之人站在石笋顶上，真能看到赣州城呢。

虽然九龙还差一段路程才真正汇聚，但因可以声气相闻，龙气还是太旺，不久，果然国都咸阳的龙气受到挑战，秦帝国大乱，全国各地六国旧贵族兴风作乱，再然后楚汉相争，国家残破。这条龙看到国都咸阳龙气已非天下独尊，心想或者这地方真能成为国都，也蠢蠢欲动起来。姜太公看到好好一个中国这样动荡不安，心急如焚，遍观天下，觉得有必要镇住这条龙。于是用法力将龙身切割，就形成了现在五指峰峭拔的地貌；还在龙身关键之处钉下一个定龙钉。但龙依然想反抗，变化出一条小龙——蝮蛇，想最后一搏。姜子牙一看急了，将蝮蛇七寸之处定住，同时留下一只仙靴压在定龙柱上，以压制龙气。为了天下太平，让汉帝刘邦舍弃龙气已经受到挑战的咸阳，定都长安。同时为了赣州的昌盛，让人们把赣州迁到章贡二江交汇之处，用增加的一条贡江水龙顶替已经定死的山龙。为了山川形势不再受到恶意的变动，姜太公又上奏天帝，禁止神仙驱动山川，从此，地理先生只能选址不再能牵龙。经历一番变乱，赣州地区由县到府，越来越繁荣。但终因水龙柔弱不及山龙刚强，从此赣州只经济腾飞文风鼎盛却再也不能成为国都甚至省府了。五指峰也留下了定龙钉、仙人脱靴、蝮蛇出洞、石笋顶、打龙坳等胜景。这就是"九龙做赣州"的由来。

仙人井

黄堪桢　搜集整理

遂川县堆子前镇有个村子叫"久渡村",久渡村里有口水井叫"仙人井"。说起仙人井,这里头还有一个很神奇的故事哩。

相传古代,久渡村里有一位父母双亡的孤儿,名叫邓双双。邓双双家上无片瓦,下无立锥之地,更不会什么手艺。好在他的茅棚前面有一口井,于是他就日日挑了井水卖给村里的店铺、客栈,换几枚铜板糊口,但日子还是过得十分艰难。

有一天,邓双双正挑水匆匆上路,竟差点闯了祸。原来,这天正好是方圆几十里鼎鼎有名的古财主的二公子新婚佳期。只见迎亲队伍摆了一长溜,箱箱笼笼,红漆嫁妆,三十多扛,吹吹打打,好不气派,何等威风。本来像邓双双这样的穷苦人应该退避三舍,免得冲撞了迎亲队伍,因为村子里有这样的风俗:新郎撞了人,那么一生的食禄运气都和这人有关。这人穷,新郎也就会穷,这人富也就会富。也许邓双双该倒霉,噪耳的吹打音乐,他却没有听见一声,愣头愣脑地撞到新郎的马前,井水泼湿了新郎的鞋袜。新郎见邓双双衣衫褴褛,面黄肌瘦,一副穷相。想想自己佳期良辰,碰上了个"丧门星",不禁怒从心中起,扬起马鞭,咒骂着叫手下人用绳索把邓双双捆了个结结实实,准备带回家去。幸好邓姓在当地是大姓,邓府上的那些绅士为了本姓氏的光彩,也就三三两两出来做好做歹。新郎见邓府人多势众,便做一个顺水人情,只叫邓双双连叩三个头,也就算了。

邓双双平白无故受了侮辱,心里着实气恼。常言道:"男大当婚,女大当嫁。"邓双双心下思量:自己和那个财主的崽一般年纪,人家今日做新郎，何等荣耀，自己挑水度日，又是何等的凄苦，要不是父母双亡，自己也该做新郎了，何至于有今日？思前想后，邓双双愁肠百结，情不自禁地跑到父母坟前，号啕大哭起来，只听他哭一声父母，叹一声命苦，哭得天昏地暗，好不凄惨。哭呀，诉呀，不知哭了多少时候，嗓子哑了，眼泪流干了，伏在父母的坟前，昏了过去。

朦胧中，邓双双透过泪光，看见一位身穿道袍，花白胡子齐胸的老人向他飘然而来，只见那老翁用手中的拂尘往邓双双的脸上一扫，邓双双顿觉神清气爽。老人见邓双双如此模样，忙问其故，邓双双便一五一十地告诉他。

那老翁听了邓双双的泣诉，深为叹息："你既无双亲，又无寸土。何以为生？"

邓双双只好如实相告，全靠挑井水糊口。

"挑井水岂能糊口？"老翁着实奇怪。

"因为我们这里经商路过的人多，客栈店铺也多，我就挑了井水与老板换几个铜板度日。"

"原来如此。"

"我从小也没了双亲，幸遇昆仑山神仙相救，学道已有六十余载，今奉师命，云游四方，普度众生。你既然受此千辛万苦，我也助你一臂之力。"他说着，从道袍里掏出一个葫芦，倒出七粒糯米，"你将这七粒糯米放在你挑水的井里，定见分晓，切记天机不可泄漏。邓双双，你好生去吧！我走了。"老翁用拂尘往邓双双脸上一扫，化一阵清风走了。

邓双双擦擦双眼，原来还在双亲的坟前，看看左手竟真的有七粒糯米，那老翁的笑貌还历历在目，嘱咐的话语也记忆犹新，他这才知道刚才在梦中遇见的老翁是神仙。

邓双双如获至宝，按老翁的吩咐，将七粒糯米放到井里。

第一天，他从井里挑回的是水。

第二天，他挑的也是水。

第三天，他早早来到井边，舀起一勺水，一尝还是水。他泄气了，只好气恼地挑了水往家里走。当快到自己的茅棚前时，似乎闻到一阵酒香，起先，他并没在意，只当是风吹来了别家酿酒的清香。

他没好气地舀起一勺水倒入烂锅，准备烧水熬粥，这时酒香味更浓了。他忙用手往烂锅一沾，蘸起几滴送到嘴里一品，果真是酒，再定睛一看，烂锅里哪里装的是水？分明是一锅橙黄的、香醇可口的米酒，他忙搬来破坛烂罐，把这些神异的酒盛装起来。

从此，他每天天蒙蒙亮就去挑井水化成的酒，只不过是他挑的才是酒，别人挑的依然是水。他也就靠着这口神异的井开起了酒店，讨了老婆，生了几个儿女，买了几亩田地，做了一栋房屋，日子越过越舒心。

大约过了几年光景。一天清晨，邓双双又担着水桶来挑水。在井边，他遇见了一个衣衫褴褛的老头，正用手掬起一口水在津津有味地喝着，连说"好酒，好酒"。邓双双觉得奇怪，莫非此人也知道这口井的水能化成酒，心里不觉升起一股嫉妒之火，没好气地说："你也配喝这口井的水？"

那老翁见有人说话，忙爬起身来，毫不介意，笑容可掬地问道："老表这口井是你家的吧，想来你家做米酒生意一定很兴隆哟！"

邓双双见老人这般和蔼，也就心平气和地回答道："生意倒是蛮好，就可惜猪有糟吃。"

"好、好。如今叫你满意了还嫌猪有糟吃。"老人想着便弯下身，从石缝里捡起那七粒放在水里沤了几年至今未坏的糯米，哈哈大笑道："天高地高，人心更高，井水化成酒，又嫌猪有糟。"说罢，化一阵清风走了。

邓双双如梦方醒，莫非刚才那老头正是几年前碰到的神仙？他懊悔极了，只好垂头丧气地挑着井水回家去。

从此，他挑回的再也不是酒，而是水了。

邓双双的酒店倒闭了，村里人觉得奇怪，追问缘故。邓双双已经不怕泄漏天机了，把自己遇到仙人，蒙仙人相救，最后又遇仙人的经过叙说了一遍，于是一传十，十传百，知道这事的人越来越多，大家为了让后人知道这个故事，就把这口井叫作"仙人井"。这个故事连着这口"仙人井"也就一直流传下来，告诫后人不可贪心不足。

雩溪古塔传说

邹源　搜集整理

无论你站在遂川县于田镇的哪一个地方，如无障碍物的话，只要抬头向江边望去，不远处就有一座高高的建筑物，那就是本县的省级保护文物——雩溪古塔。塔分七层，中空，有石阶，由底层拾阶而上可直抵顶层，透过塔孔向外望去，整个于田的景物可尽收眼底。当年于田人为什么建此塔呢？在于田倒有一种传说。

千百年前于田大部还是荒芜的地方，只有大树下有周姓的住户。后来，李姓也从外地分迁于此。再后来就是从外地来了户姓豆的，以看鸭为生计，先在下塘尾落脚。后来积攒了几个钱就买了周姓的一幢房屋居住。就这样，一代代繁衍生长。豆姓的人丁越来越多，远远地胜过周李两姓。豆姓人基于某个迷信的说法，在豆姓的豆字上加个十字，看起来就像土豆两字合二为一。姓豆人嫌这个字不好，在边上加上三撇，说是三把刀，能割去其他一切杂草，利于自己生长。如此一来，豆姓就变成了彭姓。

后来，彭姓看见本族发了这么多人，认定于田是块风水宝地。从于田的地形来看，颇像一条漂在河里的木排，此排还有水涨排高的说法，于田虽然地形不高，却从来都没有被洪水淹没过。那么，此地既然是排形，就得有根拴排之缆绳和挽住缆绳的支撑点。于是，彭姓人就在村子中开凿一条小溪，作为拴排的竹缆。上彭有一颗可作"吊桩"的黄檀树，小溪就从这树下挖起，到亭子下一个稍高的土堆前绕了一圈，再顺流而下，往北而去。竹缆有了，就差一根支撑木排的竹篙。怎么办呢？于田人就在木排尾部的边缘造起一座高塔，即现在的雩溪古塔。它作为一根竹篙牢牢地竖立在那里，护佑着于田人兴盛繁衍，安居乐业。

鹤堂仙的传说

廖宣书　搜集整理

鹤堂仙山脚下是廖坊。廖坊，方圆十多里，土地平旷，屋舍俨然。居住着几千人，有农田几千亩。可是，村中间只有一条小溪穿流而过。风调雨顺之年，五谷丰登，六畜兴旺。要是遇上大旱之年，山泉少了，小溪就干涸了，甚至断流了。而境外有两条大河，一条是西溪河，另一条是南江河，都似乎有意避开廖坊，各自拐个弯逶迤而去。乡民们望天天无云，看地地裂缝。心里纳闷着，没有水源，何处取水啊！只有眼睁睁地看着庄稼枯的枯，死的死了。乡民们在这难以生存的土地上挣扎着。天仍然是蓝蓝的，太阳仍然是火辣辣的。劳作的人们总是汗流浃背。有人昂头擦汗，忽然发现一群白鹤在天空中慢慢地前行着。人们久久地注视着远去的白鹤，心里想着：白鹤啊，白鹤，你要飞到哪里去呢？你要是一团云，该有多好啊！过一会儿，白鹤终于停止了前进，栖息在山顶上的树林里。过了一天又一天，人们看看白鹤仍然在树林里栖息着。哦，白鹤竟不愿离去了，要在这片树林里安家落户，生存繁衍了。久而久之，白鹤渐渐地多了起来。远望山峰，山顶上白白的，是白鹤？还是白云？已经分不清了。年复一年，山顶上白茫茫的一片，像白云笼罩着，是白鹤多了？还是白云多了？也已经分不清了。人们只是惊奇地发现山泉的水多了，小溪的水大了，老天降雨多了，旱灾少了，庄稼绿了，收成好了，人丁旺了。廖坊已是一片繁荣昌盛的景象，牛马成群，绿林环绕。古云："粜不尽廖坊的谷，砍不尽西山的木"。所指的应是生活在西溪这块土地上的人民，柴米充足，生活富裕的自豪感吧！

乡民们认定：这群白鹤是神灵的化身，是群仙鹤啊！它给我们带来的不仅仅是五色祥云，而是美丽富饶，幸福安康。于是，乡民们就把那座高高的山峰称为"鹤堂仙"。有神仙就要奉敬，大家自发地出资投劳，很快地就在山顶上盖起了亭子，设置了香坛，用香火祭祀仙鹤，祭祀神灵。后来，又在山上陆陆续续建起了寺庙，塑造了神像。

"山不在高，有仙则灵。"鹤堂仙，有了这个古老的传说，使它罩上几分神秘……

米石岩

张炳玉　搜集整理

遂川县五斗江乡北面十多华里的地方有一个村子叫米石村。这里山水环抱，景色如画，村边有一座像卧狮的石岩，岩下清流，淙淙有声，到了盛夏酷暑，人们经过这里总不免要掬一口清澈的泉水解渴。山脚有一条用石块砌成的小路到达山腰，山腰有一个大岩洞，洞中立了座寺院叫"奎光古寺"。寺里悬着一口大钟，这钟是清朝时铸造的。

在寺院旁边有三个并排着的像钵碗口那么大小的朝天石洞，这里留下了一段有趣的民间传说。

相传很早以前，这村子附近有个秀才，因家境贫寒，没有钱去赴考，加上他本人愤世嫉俗，看破功名，后来便入了空门，到这奎光寺做了和尚。

他在这里一边读书念佛，一边耕种着山下几亩土地，一年到头，勤劳不息。他非常同情贫苦的乡民，常把节余下的粮食送给穷人们，乡民们也把他当作知心的朋友。

这里香火鼎盛，每逢初一、十五便有许多人来寺里烧香拜佛，希望佛祖保佑他们无病无灾，四季平安。那和尚很热情地接待这些贫穷的香客，来了的都留下吃午饭，后来竟成了惯例。无奈他的粮食毕竟不多，招待了客人自己就没吃的了，心里常常着急。

一天早晨，他起来敲完钟准备动手做饭，一看：米桶空荡荡的，他站在寺院门口彷徨踌躇想不出什么法子，正在纳闷，忽然眼前出现一道亮光，但见那三个石洞一个冒出了珍珠般的白米，一个冒出了瑞雪般的白盐，另一个却盛满了清澄的茶油。他惊喜万分，立即回到寺院里取东西来盛装,第二天起来再看那三个洞又盛满油、盐、米,他马上把这奇迹告诉山下的乡民们。大家都跑来观看,个个惊叹不已,都说是因为和尚心地好,感动了上天。

从此这些洞里的油、盐、米常取常有,用之不竭,若来了烧香的客人也仅够招待,但平时只够供他一个人食用,不少也不多。从那时起,这石岩便取名为"米石岩",山下的村子也就叫作"米石村"了。

暮去朝来,光阴易过,和尚渐渐老了,身体也一天不如一天,后来竟一病不起,去世了。村里人按他的嘱托把他的遗体安葬在岩旁边的一条大石缝里,说这样可以朝暮看见村里的朋友和乡亲。

他死后不久,便来了个姓易的汉子到寺里当和尚。此人历来游手好闲,尤好赌博、生活正无着落。听说奎光寺旁的石洞里有现成的油、盐、米,便要求顶了这差事。

他到寺里以后,开始一段时间还会敲敲晨钟,没过多久就懒得起床了。那山下的几亩土地也全部荒芜了,他天天只顾到外面去游玩赌博,饿了便往洞里淘米,赌博输了便变卖寺里的东西,结果把山下的几亩土地也卖了,只剩下那搬不动的石岩和四壁皆空的寺院。

一天他赌钱输了回来,心里十分烦躁,一看那如来佛笑嘻嘻地望着他,他火冒三丈,指那如来佛骂道:"就是你不保佑我赢钱,我也让你断了香火!"说罢他便拿起神桌上那个香炉狠狠地摔了个粉碎,盛怒之后肚子又饿了,便到石洞那边去淘米做饭,他掏着米,忽然心里一动,暗想:如果把这几个石洞凿大就可以装很多的油盐米了,把大批的油盐米拿去换银子,既能还清赌债,又有赌本,从此坐着不愁吃穿!想到这里他不禁快乐得哼起了小曲子。

他这天晚上做一个梦,梦见那石洞慢慢地大了起来,大得跟木桶一样,那米呀、盐呀、油呀装满了一洞,转眼面前又堆起来一座银山,在赌坊里他把银子往桌上一放,当啷啷银光灿烂,照得赌棍们睁不开眼⋯⋯

第二天他一早起来便拿起工具开始凿洞,他抡起铁锤,执着钢凿把,拼命地狠狠地凿。整个山洞都摇动着,抽搐着,树上的叶子纷纷飘落，鸟儿惊飞；石壁上的泉珠簌簌地滴了下来，一会儿成了深红的血泪；霎时间天昏地暗，狂风大作。

他从早上凿到中午，从中午凿到黄昏，汗水湿透了他的衣服，手上打起了血泡，他咬紧牙关，直把石洞凿得比原来大了许多。天色暗了，他也疲倦了，他收拾好东西打算明天再凿。

第二天他又一早起来，忽见那石洞又缩回了原样，并且都是空空的，没有一粒米供他下锅，他忍着饿继续一锤接一锤凿了起来，直到日落西山。

他睡了一夜起来，石洞还是和以前一样，碗口大小，里面空空的，仅留下斑斑的凿痕和一些石屑，他顿觉天旋地转，昏倒在石洞旁边……

如今石洞还在，古迹犹存，人们不忘勤劳善良的老和尚，同时咒骂那个占了便宜不尽职却一味懒惰贪婪的易和尚。

葛仙崖

肖桥　搜集整理

在遂川县枚江乡境内，有一座大山，名叫葛仙崖。葛仙崖北面山腰上，有一个深不可测的大岩洞。洞前不远处，还依稀可看到一座庵的遗址，断壁残垣的。相传，这座庵的老道士，曾在这里同一个本事高强的木匠师傅互演过一番本事。山腰上的那个大岩洞，就是那时留下的。

说是在很久很久以前，记不清是哪朝哪代的事了。葛仙崖的半山腰上，一个大户员外修了一座道士庵，供家族中的善男信女修身养性之用。

又不知过了几多年，庵前一片荒凉，有一个云游老道来到葛仙崖，发现这半山腰上的那座道士庵地气转灵，当有三百年鼎盛香火。于是，云游老道便在庵里住脚栖身。

但是这庵年久失修，庵中崩墙倒壁，瓦破梁腐。老道士决心重整庵宇，于是择日下山，到山下村庄中化缘，找善主施舍财物修葺这座庵宇。

就在山脚下的一个村落里，住着位人称大善人的王员外。老道闻名来到员外家中，说明来意，员外便愿做修庵大施主。老道好个喜欢，乐颠颠回庵去了。

员外不日就请了泥瓦匠人来庵上筑墙捡瓦，还请了个方圆百里闻名的木匠来庵上打造门窗关扇。

木匠到了庵上，自然摆开家什按老道的要求打制各种庵上用器行头。木匠还不曾动手做活，老道士就有吩咐。说是打制的行头，修整的门窗不合意，就要重打，工钱不给，还要赔料。木匠听了不含糊，连连说："老道长，做得，做得。凡要打造的行头，器物，门窗关扇，听凭道长吩咐就是了。"老道士见木匠答应得爽快，就搬出木料，令木匠锯木下料做功夫。

木匠在庵上打了七七四十九天的用器行头、门窗关扇，真个是做工精巧、细腻、无一不合老道之意。老道心中暗自钦佩不已。看看庵里只差两扇大门还未打造，便想试木匠一试，看看木匠真功夫。老道便对木匠说："木匠师傅，你在庵里打了这许多时日的木器行头，如今只差两扇大门未打造，你师傅估估，要几天才能打造得起来。"木匠听了，心里琢磨着："老道士要试试我的功底了，他云游四方的人，想来一定道法高强，既然他现在找上我，要我露一手，我又何妨不叫他也露一露真功夫见识见识？"主意已定，木匠便说："老道长，打造这两扇大门，你老肯给几天工夫？"老道想了想说："两天！"

"多了。"

"难道师傅你能一天成功？"

"道长若肯依手艺人我一个条件，一个早上之内打好两扇大门。"

"师傅当真？"

"岂有戏言。"

"请师傅提条件。"

"不瞒道长，这些天来在庵上幸蒙款待，但我却想吃餐新鲜辣椒焙鲵鱼。现今我们这里端阳未到，鲜辣椒是没有的，而赣州府时下新鲜辣椒上市了，如果道长能在一早之内从赣州买回新鲜辣椒焙鲵鱼，我就一早之内打好大门两扇。"木匠慢悠悠地说。

"当真？"

"若道长五更起身，辰时未过便端出从赣州府买来的辣椒焙鲵鱼来吃早饭，这时若我的大门两扇未完工，我当替道长庵堂执帚三年不取分文。"

"痛快。"老道士接着说："若我五更起身买菜，辰时菜饭未熟，而师傅你已造好大门在等，算贫道输，贫道也替你挑三年木匠行头分文不取。"

当下两人议定第二天早上比试。

第二天，五更时分，老道来到庵后，面对山岩，手执七星宝剑，口中念念有词，喝声"疾"。宝剑一指，一道金光过去，山岩中便现出一个大山洞，老道飞身进洞，忽地不见了，把个偷偷起来跟踪老道的木匠惊呆了。

愣过一阵之后，木匠也就急急地锯木、下料。用起鲁班行头，搬出斧、锛、刨、锉，使尽浑身解数，拿出祖传绝技。太阳才露面，便已将两扇门框架做好了，而庵里厨房中还杳无动响，木匠很高兴，息下手头活，抽起一筒烟来。

再说老道一进山洞就借土遁法直奔赣州府，不一刻就到了赣州府菜市场。菜场静寂——老道来得太早，卖菜人还未来呢。等了许久，菜场上才热闹起来，老道又在各卖主中挑来拣去，挑定一人的新鲜辣椒过秤，再又去拣中一条大鲩鱼秤好——修行的人不做亏心事。等老道打道回转庵中已是辰时时分了。于是道人急忙下厨房烧菜做饭，只等辰时一过，就要同木匠定赢输。

木匠呢，这时只做好一扇大门，另一扇还是门框架一个。听得厨房下脚步声，晓得道士在烧菜，心中便着了慌。

急中生智，木匠搬出绝技来，只见他嘴唇微微翕动几下，便急忙朝框架上吐口水，顺手就抄起刨花木皮朝门框上贴，活像涮纸板。不过，木匠有点儿手忙脚乱口不停。

时辰到了，道士准时端出鲜辣椒焙鲩鱼，木匠呢，一手抄一扇门给道士看。

老道士心中惊奇，放下手中菜，掂掂两扇门，一轻一重；仔细观察两扇门，很难看出破绽。细想一会之后，老道念了几句歪诗："口水做黏料，刨皮贴门框。不是我有土遁法，差点把当上。"木匠听了，心中暗暗发笑，顺口也念了几句歪诗："道长道法好，后山开洞长。不是我口水吐得快，三年扫庵堂。"

老道、木匠相视而笑。

等到道士、木匠用过了早饭，老道士才记起自己从山洞回来忘了念咒封掉山洞，如今过了时刻，念不得咒语封不得洞了。于是庵后就留下了一个直通赣州府的大岩洞。据传，庵上的那两扇大门，还蛮结实的呢。后来，庵上的香火真的鼎盛了很长一个时期。

至于那个岩洞，传说只有老道士往返过几回，谁也没有进去过。

石人公和石人婆

张修权　搜集整理

　　遂川县新江乡的左洞峰上有一块方柱体巨石，凌空耸立，直指云天。远远望去，酷似一位气宇轩昂的彪形大汉挺立在山巅——这就是当地老表人人皆知的"石人公"。无独有偶，在泰和县碧溪乡的牛牧岭上也有块人形大石，人们叫它"石人婆"。石人公、婆南北遥对，翘首相望，就像那隔着银河难以团聚的牛郎织女。多少年来，在遂、泰两县边界乡民中流传着石人公婆辛酸、悲伤的爱情故事。

　　很久很久以前，左洞峰至牛牧岭之间有一片土肥水美的好岭场。山上生长茂盛的大树翠竹，林中栖息无数的珍禽异兽，泉水叮咚，鸟语花香，还有那千种药材，百样野果，数不清的山珍鲜味，奇花异草，谁不说这是块宝山福地啊！

　　那时候，新江邹姓有个牧牛伢崽叫洞生，母亲在山洞里生下他，谁知产后得病，一命归天。父亲因伤心，劳累过度，苦熬了几年也离开了人世。洞生无依无靠，只得给财主家放牛、打柴，混口残汤剩饭度日。碧溪尹姓有个苦命妹仔叫凌花，十岁上爹娘染瘟疫双双病亡，丢下她一人孤苦伶仃，捡菌仔（蘑菇），挖蕨根苦度时光。洞生、凌花从小一起在这块宝山上放牛、挖蕨，孤儿寡女同病相怜，两人结下了纯真的友谊。日子梭梭过，转眼八、九年，这一对幼年伙伴在苦水中泡大了。昔日青梅竹马，两小无猜，如今心心相印，两情依依。凌花替洞生放牛洗衣补烂衫，洞生为凌花攀崖捡菌挖蕨根。洞生吹笛子，凌花唱山歌，笛音和着歌声，阿哥伴着阿妹，叫一声"阿洞哥"，洞生身上暖融融，喊一声"阿凌妹"，凌花心里热乎乎。尽管日子苦似黄连，只要阿哥、阿妹常相聚啊，喝口凉水也津甜！

可惜，好景不长，新江的邹姓财主和碧溪的尹姓恶霸就眼红这块宝山。他们在本族同姓中大造谣言："此山场乃是风水宝地，得之则发家兴业，荣华富贵，失之则大祸临头，全姓遭殃。"在财主、恶霸的挑唆和胁迫下，两姓乡民蜂拥到宝山上打桩圈界，互不相让，一时间双方刀枪并举，棍棒相加，直杀得山川失色，日月无光，鲜血染红了碧溪水，尸骨塞满了新江河。自那以后，邹、尹二姓结成了世世代代的冤家对头，双方都立下了森严的族规家法，两姓人不许通婚，不准交往，如有违反，诛杀无情。

严规恶法割不断阿哥、阿妹的情，隔山隔水隔不开阿哥、阿妹的心。山上天天留下了洞生、凌花的双双脚印，涧谷中时时回荡着洞生、凌花的笛音和歌声。世上没有不透风的墙，洞生、凌花相好之事终于传开了！两姓的财主，恼恨万分，大发淫威："违反族规胆大包天，斩尽杀绝决不留情！"眼看大祸就要临头，多亏了穷乡亲及时报信，洞生和凌花双双逃进了深山老林。藤上的两颗苦瓜瓜熟蒂落，茅草铺为床，山洞作洞房，洞生、凌花结了婚，有情人终成眷属。

然而，财主、恶霸的心肠比蛇蝎更毒，他们派出凶奴恶徒巡山、搜林。洞生、凌花不幸落入虎口，被五花大绑押回本乡。"阿洞哥！""阿凌妹！"……凄厉悲怆的呼叫声震撼着山林大地，使穷乡亲们暗自伤心落泪，连飞禽走兽也为之哀鸣悲啼！苦命的洞生、凌花分别被惨杀在左洞峰顶和牛牧岭上。

钢刀落处，两道红光直冲九霄，刹那间，天昏地暗，飞沙走石，电闪雷鸣。轰隆隆！轰隆隆！两声惊天动地的巨响过后，云开日出，左洞峰和牛牧岭上突兀耸起了两块巍然巨石；监斩及行刑的两姓财主恶霸、刽子手们无影无踪，全都不见了。

人们说，那两块巨石是洞生和凌花变成的，两人生前难为长久夫妻，死后不能合葬一处，只好隔山遥对，而那些财主恶霸、刽子手们恶有恶报，全被压在巨石底下了！

岁月悠悠，人世沧桑，石人公婆俯瞰人世从古至今，吃人的世道一去不复返了。新中国成立后，遂川、泰和两县边民化干戈为玉帛，和睦相处，友好往来，许多人还联姻通婚，结成了儿女亲家哩！

石妖显形

吴桂淦　搜集整理

在衙前镇南流坑深处的草地上，矗立着一对人形石头，这就是远近闻名的石妖石。

据说一千多年前，南流坑曾经有过一所龙泉北乡最大的书院——蔚文书院。这里虽然远离市镇，地处深山，但茂林修竹，奇泉怪石点缀其间，倒是个读书的好地方，于是曾盛极一时。有乡志载，蔚文书院也曾出过几位小有名望的儒生。然而好景不长，数十年之后书院却骤然冷落了，原因是这里有两个石妖在屡屡作祟。

相传，当年女娲氏炼石补天之时曾丢下两块派不上用场的阴沉石，年代久远了，这两块石头受天地精气之孕育，逐渐出神入化，能现人形、呼唤风雨了。

一天，这两个石妖摇身一变，成了一对美貌村姑，来到蔚文书院门前的小溪中捞虾米。中午时分，突然浓云密布，大雨倾盆，村姑的衣衫被雨浇得湿漉，只好来到书院的厨房避雨烘衣。这时恰巧一个姓郑，一个姓余的富家哥儿来取水磨墨，见村姑如出水芙蓉般的动人，心痒得有点难受。问话中，两村姑语言若笑，秋波暗送，使得郑、余公子身体便酥了半身。不过毕竟是初次相识，郑、余不敢轻举妄动，只把两束如醉如痴的目光怔怔地盯着村姑，久久不肯移开。

第二天，两村姑又来书院避雨，郑、余也借故来与村姑相见，谈笑中，村姑眉来眼去，又故作羞赧之状，招惹得郑、余两人心神晃荡，如堕雾中。如此三日，这两个石妖便把郑、余的魂儿勾摄走了。

此后，郑、余两人一天天消瘦下去，攻读无心，茶饭无味，一入梦乡便与村姑相会，嘴里发出调笑之声，手足做猥亵之状，而后却与村姑作云雨之乐，裤裆里留下一摊滑腻腻的黏液，醒后浑身大汗淋漓，疲惫不堪。郑、余的父母见自己的心肝宝贝患如此之奇症，便向先生告病假，把二人接回家中调治，他们求神拜佛，念经送鬼，佩符服药，一齐兼施，不仅不见好转，反而日渐沉重。无奈，只得派人四下寻找村姑。结果如泥牛入海，毫无消息，日子一长，郑、余两位公子便双双呜呼哀哉了。

这两个石妖并不善罢甘休，又用新招数勾摄走了书院中另外两个书生的魂，如此接二连三，这两个石妖共戕害了六位书生。使得一个书声朗朗的蔚文书院日渐冷落，直至坍塌。

石妖触犯了土法山规，土神爷将它们戕害人身的行径写了一本奏折，上呈玉皇大帝，玉帝看罢勃然大怒，立即令雷神下界，劈死石妖，再现原形。直至现在，这两块石头仍然矗立在南流坑深处的草地上，只是断肢缺股，面目全非，浑身刻下扭扭曲曲的像字迹又不是字迹的纹路罢了。

断臂石怪

肖瑞麟　搜集整理

离左安镇八华里远的地方有一座奇丽壮观的石人峰。

这是一座嵯峨的高山，高山下一条蜿蜒曲折的小河，似条巨蟒盘缠在山崖下。整个高山披着一层郁郁葱葱的绿装，山顶上巉岩突兀，怪石林立。在这巉峻的悬岩顶上，挺立着一条高大的石柱，直刺天空。从远处望去，这条高大的石柱酷似巨匠雕琢出来的人一样。"石人"的前面是一块四方形的大石盘，后面是一个由三块大石盘构成的"▽"形石洞，从石洞底下涌出两条清澈见底的涓涓溪流，从山上泻下。"石人"只有一条手臂，永远地向那远方伸展着。那"石人"为何只有一只手？这里还流传着一段离奇的故事哩！

相传在很久很久以前，这个"石人"是一个妖怪。石怪前面那块四方形的大石盘，是石怪的"八仙桌"。石怪后面的那个"▽"石洞，便是石怪的栖身之处。石怪的周围杂草丛生，一片葱茏，有野杨梅，有柿子树。周围的村妇在附近砍柴，常常到这儿采些野杨梅解口渴，摘些柿子充饥。那石怪面前的大石盘也成了村妇们小憩的好地方。

那时山腰里住着一户人家，这户人家只有一个年逾七旬的老汉和一个大妹子。有一天，那妹子一个人到石怪周围砍柴，在石盘上小憩时，被那石怪拉住，拖进那"▽"形的石洞里做苟且之事。那妹子不甘受辱，哭了几天几夜。现在从石洞底下涌出的两条溪流便是那凄楚的泪水聚积而成的。妹子凄凉的哭声传到了天神的耳里，天神被感动了，一阵猛雷把"石怪"的一只手劈了下来。那妹子逃脱了妖怪的魔爪，回到了慈父的身边。那妖魔被天神镇服后，再也不敢糟蹋百姓。从此，不管谁来到这里，"他"总是伸出另一只手作"请"的样子，以后这石人峰更加荫郁，杨梅也更甜了，柿子也更红得逗人了……

"蚊蚋"石

邹锦彪　搜集整理

遂川县最北部的边远山村——新江乡石坑村，村口的小溪旁，屹立着一块大石，形如蚊蚋。石坑村有史以来就没有蚊子，这与蚊蚋石是不是有关系呢？

据传，在很早很早以前，住在石坑的老表们特别爱清洁，扫地、拔草、冲檐沟、清淤泥等工夫日日要做，房前屋后都干干净净，害人的蚊子很难在村里生仔作恶，老表们有病有痛，安居乐业。但是村外却有大量的蚊子时不时向后坑进犯，石坑老表也不怕，更加发狠地扫地、拔草、冲洗檐沟……坚决不让来犯的蚊子产仔繁衍。这事感动了上天，玉皇大帝即派一小仙化成一块石头，日夜坚守在石坑村口的小溪旁，把飞来的蚊子吃掉，帮助辛苦勤劳的老表们除害灭虫。

有一年发大水，坑尾放排工趁水大，撑着木排顺溪而出，刚至坑口，不料一个水浪袭来，木排眼看就要翻沉。为挽救木排，放排工一篙击在大石上，木排得救了，可专吃蚊子的化石却被打掉一小块，缺了嘴。也就从那时开始，大地间有一种专吃蚊子的小动物便应运而生，人们给它取名叫"蚊蚋"（即蟾蜍）。据说这蚊蚋是那位放排工无意的一篙从神仙化石嘴里打落的牙齿和石嘴碎片变的。

石坑的老表们为让后辈们永远记得坑口小溪里这块大石，便给它取名叫——蚊蚋石。

雷劈石狮嘴

古志雄　搜集整理

在大汾圩西南高山顶上，有一块巨石高高耸立，酷似巨狮头像，威风凛凛，雄霸一方。传说很久很久以前，仙人吕洞宾下凡途经大汾，由于天色已晚，便住在当地一户刘姓老表家里，刘姓老表热情好客，把家里仅有的一只老母鸡宰了招待客人。第二天，吕洞宾发现屋后青山森林茂密风景迷人，唯独山顶光秃秃的大煞风景，便随手捡起一块小砾石，口中念念有词，咣的一声，小砾石飞向山顶瞬间变成了一头巨型石狮子。为感谢刘姓老表的热情款待，他又变出了许多猪崽给刘姓老表饲养，然后辞去。刘姓老表见小猪崽全是黑猪，怕养了不吉利，便没有饲养。那些小黑猪在无人管理的情况下，全部爬上了屋后青山石狮顶。转眼间，这些猪崽变成了石头，三年后成了猪妖，白天藏在石狮嘴里，晚上跟着石狮到山下偷吃东西。因石狮子位于江西和湖南交界处，坐西向东，即头朝江西，背靠湖南，所以它把吃的东西全都屙到湖南去了，这就成了人们常说的"吃江西，屙湖南"。没几年就把江西吃穷了，湖南却越来越富。人们就想把猪妖灭了，由于猪妖非常狡猾，打又打不倒，抓又抓不着，弄得当地百姓民不聊生，怨声载道，日子越来越穷，只能天天求神拜佛，祈求天神收妖降魔。由于人们的诚心感动了天神，天神巡察后发现确实有猪妖作怪，心中大怒，便一声霹雳，下了一场罕见的雷阵雨，把猪妖全部消灭并把石狮子的下巴打掉了一块，现在的石狮子仍然伤疤犹存，由于石狮子没有了下巴，吃不动东西，江西老表才逐渐地富裕起来了。

斗笠岭上降蛇精

郭春伦　搜集整理

以前，斗笠岭芦苇丛丛，怪石凌空，阴风习习，寒气袭人，山脚下有条小溪终年不断流着绿色的水，小溪旁有垅像叠碗样的梯田，共有一十八丘。传说很早以前，山底下有个很大的洞穴，洞中有条很大很大的蛇，平时不会出来，躲在洞中精心修炼。只有每年八月中旬这几天才会出来，一来八月天气比较凉爽，二来主要出来接受日、月之光，呼吸天地之灵气，养神蓄精。若干年后，它就要涌水出江到海里争个位子。

那时山脚下不远处有个小村庄，最南边的小屋里住着林姓父子两人，老汉松柏五十多岁，少年伢儿十五六岁，父子俩相依为命，专门在斗笠岭一带打猎。

农历八月一天，父子两人带着干粮扛着猎枪，拿着装猎物的皮袋上斗笠岭去打猎。八月的桂花树吐出醉人的花香，伢儿爬上桂花树张开嘴巴，耸起鼻子闻着桂花的香气，睁大眼睛寻找理想的花枝。突然从花的间隙处望见梯田里横躺着一条黑褐色的怪物，头上有一尺多高的冠，一条尾巴拖到田坎下的小溪里，身上还有几处鳞片。毕竟打猎人胆大，他悄悄地溜下树。向他父亲走去小声道："阿爸，过来，你快过来！"老汉抬头一看，见儿子脸色铁青，慌慌张张，便匆匆站起说："伢儿，什么事情，你这么慌张，"伢儿结结巴巴地说："阿爸，蛇、蛇、蛇，一条蛇，不！不！是龙，龙，龙，一条龙。"说着软了下去。老汉赶紧扶住他，轻声说："别怕，别怕，有阿爸在这里。"过了一袋烟工夫，伢儿才定住神把情况一五一十向父亲诉说，老汉对儿子说："伢儿你在这里休息，我去瞧瞧。"说完，提着猎枪蹑手蹑脚向前走去。

往田里一看，果然睡着一条全身褐色头上生冠的大蛇，从上至下横穿十八丘梯田，一条尾巴不知还有多长藏在溪里的芦苇中，田里的稻子被压倒了一大片，蛇身在微微耸动，蛇头发出呼噜声。老汉见了，心里想，我这么大岁数，从未见过这么大的蛇。这时儿子也来到身旁轻声说："阿爸，咱们回去吧。""不！这是一条有千年历史的蛇。可能就是传说中的那条，它今天出来，肯定在不久会出江，那我们这一带就要涨大水，乡亲们的生命财产都要遭殃，不能放过它！"老汉边说边观察地形。伢儿听父亲这么一说，心里想：阿爸不愧是山里的老松柏，我难道忍心乡亲们受难，让阿爸一人在这里独挡吗？不，不能，要死，我要和阿爸死在一块。老汉这时对伢儿说："伢儿，你到桂花树下埋伏，我去右前方岩石后面开枪，那里距蛇二十多步远，够着猎枪的射程，也正好是蛇的七寸地方。"不，我去，那里危险，阿爸你不能去。"伢儿抢着说。老汉明白儿子的意思，但果断地说："别争了，还是我去。"说完提着枪猫着腰向目标走去。少年只好端着枪到桂花树下隐藏起来。

"呼"！清脆的枪声划破了山谷的宁静。老猎人松柏老汉对准蛇的七寸地方开了一枪，待他睁眼一看，子弹擦着蛇皮飞走了。蛇大概受到刺激，昂起头，张开血盆大口瞪着两只大眼，注视枪的地方，身子却往后面溪里芦苇中缩。眨眼之间，已经缩进大半身子。如果这次放它逃走，肯定不久就会有大祸临头。老汉急得直打大腿。正在节骨眼上。"呼"！又一声枪声。老汉一看，子弹在蛇腰处划开了一道尺把长的口子，一股浓黑的血涌了出来。接着蛇忍痛飞快缩回洞中去了。

"阿爸，蛇被打伤了。"少年扛着猎枪边喊边向阿爸跑去。松柏老汉高兴地说："伢儿，多亏你这一枪，才把这恶畜打伤，虽没有把它打死，但蛇不能受伤，受了伤终究会死的。如果它已成精的话，也最讳见到人，传说蛇精见了人，等于犯了弥天大罪。以前修炼的成果全部作废，要重新修炼才能成精。何况它今天受了伤，想要恢复元气是不可能了。"少年听了他阿爸的话兴奋地说："太好了！我们不用担心蛇会出江涨大水了。"松柏老汉接着说："是呀，我们为民除了一个大害，这一带的乡亲们从此就不用为蛇出江涨水担惊受怕了。走，回家告诉乡亲们去。"说完和儿子高高兴兴下山去了。

米岭和花竹洞

蓝先煌　搜集整理

遂川县大汾镇有一座山，山名叫做米岭，山下有一个很小的村庄，人们称它为"花竹洞"。

传说很久很久以前，山上住着一个老汉，既无妻子，也无儿女，油盐柴米全靠他自己一个人，又上了年纪，真是很可怜。

有一天，老汉在砍柴回家的路上坐在一个石阶上小憩，老人想起眼前的凄惨情景，禁不住长吁短叹一番。适逢天上一位神仙听见，于是仙人就骑了一匹仙马飞奔下凡来了。

神仙化装成一个壮年汉子，前来与那老汉搭讪，于是老汉就把他的身世和处境和盘托了出来。

老汉的处境深深地感动了这位仙人，于是神仙就说："你以后再也不要靠卖柴过日子，明天开始，你每天到山下有棵大树的地方，那里有一个石坑，放着足够你吃一天的米。"

神仙说罢，飞步上马，飘然而去。千百年过去，那马蹄留下的脚印，至今仍清晰可见。

第二天，老汉来到山下有棵大树的地方，果真发现一个石坑里放着一堆米，于是老汉就把这堆米捧了回去，米一下锅，不多不少，刚好够老汉吃一天。

日复一日，年复一年。

有一天，老汉灵机一动。心想，我要是把那个石坑凿大一点，岂不就可以多装点米？老汉说干就干，携带着锤子、凿子把那个石坑凿得又深又大。

第二天，老汉挑着箩筐到山下那个大树下。一看，坑里半粒米都没有，原来因为老汉贪心不足，神仙很是愤怒，就把法术收了回去。老人后悔莫及，于是痛哭流涕，流下的泪水滴在一棵竹子上，留下斑斑点点的痕迹，后来那里长起来的一片竹林，都是一些印上了泪痕的花竹。

后人根据这个传说，就把这座山取名为米岭，老人落泪的地方，就称为花竹洞。

动植物故事

樟楠柏梓

井冈杜鹃恋青松

苦楝树四月开花、旺竹六月暴笋

杨梅树开花

蟹的故事（二则）

爱憎分明的小燕子

改恶从善

竹蛉传奇

苦呀鸟

蟾蜍送宝

老虎看筒车

"千嘴妇人"的传说

樟楠柏梓

张修权　搜集整理

　　山窝里长着四种树：樟、楠、柏、梓。它们相邻为伴，友好共处，在一块居住了几十年，彼此间结下了深厚的情谊。

　　一天，樟树无限感慨地对它的几位邻居讲："乡邻们，我们自小青梅竹马，枝连着枝，叶贴着叶，相依相偎，亲密无间。虽说是各姓异种，却胜似同胞，亲如一家。眼看我们就要分道扬镳，各奔前程了，相处日久，难分难舍。人间尚有'桃园三结义'的佳话，我们不妨效法古人来个'青山四结义'吧！即使今后海角天涯，各处一方，大家也好铭记几十载风雨同舟，患难与共的深情厚谊。不知诸位意下如何？"听了樟树的这番肺腑之言，楠、柏、梓树很受感动，异口同声赞成樟树的意见。于是它们请青山作证，对天地盟誓，结成了异姓兄弟。

　　既然结拜了兄弟，总得分个高低大小吧。怎么分呢？还是樟树先出主意："我们论资排辈，谁的功劳大、用途广，谁是老大，其他以此类推。"大家无异议，开始摆功了。爱面子的柏树抢先发言："人们常说'松柏常青'，可见我的名声之大，威望之高了；而且我的木质坚硬，纹理致密，颜色好看，是做家具的上等材料。老大该由我来当！"樟树大言不惭地接着说："我的材质坚固细致，有特异香气，做成箱柜，可以防蠹虫；我的根茎枝等经过蒸馏，可制成樟脑。况且'结义金兰'又是我的倡议，我为老大！"硬邦的楠树不甘落后："我坚固无比，是贵重的建筑材料，还可造船、制器物等，功高用广。老大应是我。"梓树心虚胆怯最后表态："我的木纹美丽，材质坚韧，供建筑及制造器物之用。我做老大也未尝不可。"

从未红过脸的四种树这次为争当老大，互不相让，吵闹不休。惊动了对面山上挺拔直立的杉树，它问清了这四兄弟争吵的原因，便对它们讲："你们不要见怪，恕我直言，古话说'金无足赤，人无完人'，世上没有十全十美的东西，任何事物各有所长，也各有所短。如果你们有自知之明，既看到自己的长处和优点，也正视自己的短处和缺点，知己知彼，谦虚谨慎，那就不至于争吵了。依我来看，你们都属珍贵树种，优质木材，樟木气味芳香，防腐驱虫，用途广泛，颇受人们欢迎，当大哥而合适，缺点是容易翘。楠木质地坚硬，是贵重木材，不足之处是最易裂缝，可称二哥。柏木纹理细致，刨面光滑，只是不宜作方料，做桌、椅、柜面板之类倒挺美观，就做三哥吧。梓木也是建筑和制造器物的好材料，惹人嫌的是有一股难闻的尿臭气味，且多有空心，只好屈居小弟之位了。以上所论只是我个人的偏颇之见，有失详察，但希望你们取长补短，各尽所能，为人类做贡献。"

听了杉树的评判，樟树做了老大，趾高气扬，得意忘形，翘得越凶了；楠木树当了个二哥心满意足，咧开嘴（缝）笑了；柏树大小也是个哥哥，总算争到了面子；梓树排在最末，想到自己全身酸臭，位卑人嫌，不免自惭形秽，更加心虚（空）了，竟成了十梓九空心。

从此，人们也就习惯地按照"樟、楠、柏、梓"的顺序排列称呼这四种杂木。

井冈杜鹃恋青松

钟云峰　搜集整理

四月的井冈山有个杜鹃节。在杜鹃节期间，只要你走进井冈山，便可见满山遍野，山山岭岭，沟沟窝窝，到处都开满了一丛丛、一簇簇的杜鹃花，令人喜爱，令人陶醉。尤其是那十里杜鹃林，五彩缤纷，繁花似锦。

说起井冈杜鹃，还有一个令人叹为观止的美景——"杜鹃恋青松！"一棵四十四条枝干的杜鹃树，犹如众星捧月般地缠绕着一株苍劲挺拔的台湾青松，还有一个美丽动人的故事流传至今。

相传在很久以前，有一位叫张青山的龙泉黄坳书生，在给龙泉（今遂川）县城一个恶霸地主家当私塾先生时，天天闷闷不乐。当他发现地主的后花园里长着一棵艳丽的杜鹃时，天天前去欢赏，并迷恋上了她。他有空就去给杜鹃浇水施肥，精心养护。后来，不知什么原因，杜鹃枯黄落叶，快要长不活了，使张先生十分着急不知如何是好。为了这棵心爱的杜鹃，他毅然辞工，并用自己几年挣下的全部薪水买下了这棵杜鹃，将她带回黄坳家中栽培。据说，张先生的祖籍在台湾，其祖辈从台湾岛上来大陆做生意，后因逃难从沿海来到黄坳避难谋生，安家落户。

从那以后，张先生不但把这棵杜鹃栽活了，而且生长茂盛，花也开得更加娇艳动人。在春意盎然、红霞满天的一个早晨，这棵杜鹃树竟幻化成为一位窈窕淑女，楚楚动人。后来这位美丽可爱的杜鹃姑娘就与青松结为伉俪。从此，他俩男耕女织，难分难舍，朝夕相伴，白头偕老。百年之后就化为今日这井冈"杜鹃恋青松"的壮观景象，年年岁岁，相互簇拥，永不分离，枝繁叶茂，花团锦簇！

苦楝四月开花、旺竹六月暴笋

肖桥　搜集整理

　　遂川县地面，木竹繁盛。树有樟、楠、梓、柏、松、杉木……竹有楠竹、水竹、紫竹、旺竹……传说盘古开天地后，规定世上所有花草树木，都在春天开花。真个是春天里来百花香。

　　如今，我们看到苦楝树四月开花，旺竹六月暴笋，又怎么说呢，哈，这里头还有段子传说呢！

　　相传在蛮久蛮久以前，樟树和苦楝树两家打起了官司来。樟树说它身高体大腰粗寿命长，是树中魁王；苦楝说它长得快，大得快，腰杆实木丝好俊俏，樟树比不上。它俩吵呀吵、争呀争，无休止，不相让。旺竹看不过，自己跑来做劝解，旺竹说："樟树哥、苦楝哥、都是自家兄弟，何苦相争要做王？"樟树不听，苦楝不听，继续争，继续吵，吵过了秋，争过了冬，春天到了，樟树、苦楝仍旧争吵不休。旺竹没法子，亲自搬来盘古说事由，盘古说："樟树听我说，苦楝听我说，你们都是树。世上树木多，谁也不是王。"

　　樟树泄了气，苦楝树愁苦了脸，两家苦相争，各自讨没趣。

　　还亏旺竹惊醒，发觉过了花期，急忙对樟树和苦楝说："哥们，春天过了，还开不开花呀！"

　　樟树、苦楝猛然省悟，急忙准备开花，旺竹呢，有苦说不得——自家笋还没暴呢。结果，旺竹拖到六月才暴笋哩！

杨梅树开花

彭义福　搜集整理

杨梅，是一种温带、亚热带常绿果树。我县的杨梅树都是野生的，遍布在林区的山坡上，坑旮旯里。

看过杨梅树，吃过杨梅的人很多。但是看过杨梅树开花的人却很少，以至我县山区老表间有这样一种说法：杨梅树开花的时候，若是谁看到了，谁就必定"升天"。

相传很久以前，有一位蛮标致的绣花妹仔，能绣各种草虫花卉，她绣出来的各种名花，会引蜜蜂留恋，能招蝴蝶忘返。但是，她却绣不出杨梅花。有一回，为了绣出杨梅花，她一个人来到坑旮旯，守在杨梅树旁，等待杨梅开花。一天、两天、三天……一直守到第七天半夜时，杨梅花终于开了。十四的月光特别亮，妹仔边看边绣，忘记了疲劳，忘记了休息，当她绣完最后一针时，便累倒在杨梅树下，从此再也没起来。杨梅树怕她沾露着凉，特意撑伞保护。绣花妹仔灵魂升了天，杨梅树状全呈伞形。

看到杨梅树开花的人必死。老表们传来传去，干脆这么说。实际生活中，至今尚未听说过，有人见过杨梅花。

传说归传说，据植物学家考察，杨梅花小，雌雄异体，大概是这个原因，才不易看到它吧！

蟹的故事（二则）

何斌　搜集整理

（一）

古时候，洪水暴发，冲了庄稼、稻田里突然出现了很多铁壳爬虫。看这爬虫的长相，十分奇特：两把剪刀、八把铡刀、身背铁包、走路横跑，形象实在太吓人。谁也不敢惹它。爬虫作践庄稼，老百姓以为是天降的灾星，纷纷到衙门里去，要求县官老爷解决处理。

县老爷是一个酒鬼。尽管洪水泛滥成灾，他仗着有大禹老爷在那里治水，照样喝他的太平酒。有一日，正当他喝得酩酊大醉时，老百姓提了爬虫来告状。县官醉眼蒙眬，见了爬虫，吓出一身虚汗。他问老百姓这爬虫叫什么名字，大家都说不知道。县官壮着胆子去捉爬虫，谁知手指被爬虫的两只大钳咬住，痛得他直跺脚。县官甩脱爬虫，当即写了一张告示张贴出去。说这爬虫是神虫，谁也不许捉它。

过了几天，县官老爷酒缸里的酒喝完了。这时才发现那只被他甩掉的爬虫躺在酒缸里。其实它早已死了，可是县老爷仍然吓得不敢近前。这时，外面进来一个大汉、身材十分魁梧后面跟着七、八个人。县官不知来者是谁，就叫那汉子把爬虫从缸里捉出来。汉子一点也不胆怯，伸手就抓。

县官愣住了说："你这人胆子也太大了。"

"这有什么，我不但敢抓它，而且还敢吃它呢？"

说着，那人剥开硬壳，撕下一块肉，津津有味地吃了起来，原来，爬虫经过陈酒浸泡，散发出一股醇香。跟来的看了眼馋，有的也掰来吃。

县官老爷看了实在忍不住,也扯了一点肉来尝尝,果然十分好吃,不由高兴地喊道:"啊呀!这下爬虫官司可以解决了。"他又问汉子:"你既然敢吃它,定然知道它是何物?"汉子哈哈大笑道:"你刚才不是说了吗?爬虫官司可以解决了。这字上面加个解字,不就是'蟹'字么。就叫他'蟹'吧!"

原来,第一个吃爬虫的人是治水英雄大禹。从此,蟹便成了人们的食物,而且,还是江南沿海一带的名菜哩!

(二)

盘古开天地的时候,女娲氏用泥塑人,还塑造了鸟兽虫鱼等许许多多的动物,这些动物刚塑造出来的时候都和人类一样,能开口说话。只是因为有些动物多嘴饶舌,天长日久泄漏了天机,惹恼了玉皇大帝,才罚它们成了哑巴。

从前,螃蟹也会说话,它的身体也像鱼类一样,浑圆。有一年夏天,大地干旱,人们为了抗灾,日夜引水浇地。勤劳的老黄牛当然是最辛苦的了。

中午,老黄牛躲在河岸歇息,累得直喘粗气。螃蟹叹一口气说:"牛大哥,你何必这么死卖力气呢?看这火辣辣的太阳、庄稼还能有收吗?还不如躺在牛棚里睡睡懒觉好。"

老黄牛知道它是个只知道躺在凉爽的蟹窝里睡懒觉的懒虫,便将头侧过去,不理它。

"喔唷唷,看你这副样子!"螃蟹说着,便不怀好意地唱起来。"河水清、河岸黄、老牛拉水在河旁,累得腿酸骨头软、晒得头晕汗珠淌……"

这一下,可把老黄牛激怒了,扬起蹄子一声怒吼,朝螃蟹踢去。螃蟹见势不妙,赶忙往河里一跳,潜水溜走了。

老黄牛恨得咬牙切齿:"你这混账的螃蟹,总有一天我要叫你闭臭嘴,省得你到处胡说八道,混淆人们的视听!"

一眨眼,秋天到了。人们战胜了干旱,迎来了丰收。这时候,老黄牛心里也非常高兴。

　　谁知，庄稼又出了毛病，每天天亮，就会发现有些地方稻子横七竖八地倒在那里，谷粒撒满田垅。这件事使老黄牛心里很纳闷。

　　一天晚上，老黄牛来到河边探望。只见稻田里一个黑影在晃动。横拖着一捆稻谷，"刷刷"地朝河边爬去。老黄牛赶忙跑前去一看，原来是那该死的螃蟹。老黄牛怒不可遏立即提起一只硕大的脚哼了一声，蟹被踩得半死，幸亏它背壳坚硬，免了一死，但原来浑圆的身躯却被牛蹄踏得又扁又平，直到今天，螃蟹的后代背壳上还留着老牛的蹄脚印呢！

　　从此，螃蟹再也不会说话了，只是旧习难改有时吐些白沫，解解怨气。

爱憎分明的小燕子

周濂 搜集整理

话说很久以前，有一只小燕子，断了一条腿，孤零零地在南方绿色的草地上，寻觅着安身之所。恰好遇上一位慈善的孤寡老妇人。小燕子艰难地蹦到老妇人跟前，但燕子不会说话，只能在老人面前叽叽喳喳的叫个不休。老人发现小燕子，轻轻将它揣在自己怀中，回到家里，精心调治。小燕子的伤口渐渐好起来了，每日蹦蹦跳跳地守在老太太身边。老太太的邻居是村里的财主，仗着有钱有势，欺压百姓，无恶不作。这小燕子，看在眼里，记在心上。

一日，财主婆与老太太闲聊，看见小燕子，便恨恨地对老太太说："你养它干什么？不能给你吃，不能给你喝，趁早扔了吧！"老太太善良地说："燕子不会说话，可怎好让它死在野外呢？它的伤还没有好，让它去哪儿栖身？"说罢，将燕子揣在怀中。

光阴似箭，不觉秋天来临。小燕子要跟大伙一块飞回老家去了。临走时每天都给老太太捡些柴火，尽管口衔微木，但足够老太太一个冬天的享用。

虽然人禽相处，相亲相依，但也不觉孤单。老太太盼望燕子早日恢复健康，却又不想燕子离开自己。临行时千叮咛，万嘱咐，含着眼泪，望着小燕子缓缓地飞去。

自从小燕子走后，老太太掐着指头盼着漫长的冬天过去，明媚的春天来临。

终于，小燕子飞回来了。嘴里衔着一颗种子，亲热地吐在老太太手里，老太太抚慰着小燕子，嘴里叨叨着说："漂亮了，吃胖了。"

老太太把种子种在地里，种子发芽了，秋天来临的时节，结下一个大西瓜，老太太把它切开后，却惊呆了：里面不是瓤，而是一个价值连城的珍宝，老太太还清了财主的债，救济了穷苦的老百姓。

俗语说："没有不透风的墙。"很快，财主太太得到老太太种瓜得宝的消息，整天苦思冥想，企图从老太太手中得到珍宝，可老太太一生清白，财主婆是干眼馋没办法，急得仿佛热锅上的蚂蚁一般。适时又逢春，燕子归来，狠心的财主婆竟砍断小燕子的小腿，假意再给包好，强迫小燕子在家里养伤几个月。小燕子受尽财主婆的折磨，默默地忍受着强加给它的灾祸。等燕子南飞时，伤口还没有痊愈的小燕子只好在同伴的帮助下，飞走了。

小燕子飞走了，财主婆作起发财的美梦来，待燕子飞回来。我也能像那个穷老婆子那样富贵。

财主婆打着如意的算盘，盼着燕子飞回来，真可谓度日如年。

严冬过去了，春天又返人间。小燕子飞回来了，嘴里竟真衔了一颗种子，财主婆高兴得不得了，又生怕别人知道，把种子悄悄地种到花盆里，种子发芽了，粗粗的藤上结下了一颗绿油油的大西瓜，财主婆乐得合不上嘴。

秋收的季节到了，财主婆小心翼翼地将大西瓜切开来，不曾想，里面没有瓤，出现在财主婆眼前的却是一条巨蟒，财主婆顿时目瞪口呆，一命呜呼了。

改恶从善

方世宏 搜集整理 讲述人：方光定、方普福

传说很久以前，遂川县高坪以上的牛岭、茅坪、青草、白沙一带山区恶虎成灾，经常有猛虎伤人损畜，每到傍晚，人们就不敢出门，村村关门闭户，防虎吃人。就在青草村与湖南省桂东县交界的杨荷岭脚下，住着一对善良的夫妻，男的叫勤力哥，女的叫善阿嫂。有一年冬天，一头猛虎伏在他家门外吼叫，叫得地动山摇。吓得勤力和善嫂不敢出门。这猛虎开始只是叫，后来用爪子抓门，抓得房屋发抖。善嫂说："可能是阎王要我们之中的一个人喂这只猛虎，这只猛虎才这样。"于是，他们只得安卧家中，做好让虎吃的准备。并说，如果谁被虎吃了，另一个人要处理好后事，并带家业离开这里。过了几天，这猛虎还是不走也不进屋。夫妻俩只得开门出来，善嫂说："虎兽东西，你吃谁就吃，不得伤害另一个人。"那猛虎扑在地上直摇头，根本不想伤人，它把前脚掌伸向善嫂面前，善嫂用手托起虎掌一看，原来是这虎掌上刺进一根钻子刺，使虎掌不能踩地，痛得那虎嗷嗷叫。善嫂见此状况，就用针和细钳子把虎掌上的刺取出来，又包上药。那猛虎就在她家门外睡着。半个月后，虎掌的伤全好了。它就在这一带守卫庄稼。每天出去捕山牛、野猪、野羊、狐狸等，并且把大量的猎物送到善嫂家里。从此，不仅善嫂一家富裕起来了，还为这一带消灭了虎害、兽害，使这一带的人们安居乐业。后来，这一带的群众把老虎区别为两种，一种为会伤人、会咬家畜的恶虎，另一种为不伤人损畜的神虎。

人们以这一故事说明人要善良，善良能战胜一切邪恶现象，就连恶虎的习性都能改变过来。

竹蛤传奇

刘述涛　搜集整理

　　自古竹蛤蟆就是一味名贵的中药，普通的人吃了有伤去伤，无伤发体，而对那些肝肾阴亏的男人更是一味特效药，只要是吃了竹蛤蟆炖童子鸡，当晚就能够雄风再起。

　　就是这样的一味好药，却是我们普通人弄不来的，谁都知道竹蛤蟆生活在深山老林之中，并且竹蛤蟆和竹叶青蛇相伴。世上有一只竹蛤蟆的地方，就有一条竹叶青蛇，所以说捉竹蛤蟆，就等于从老虎嘴里拔牙，十捉九死，留下一个也残废。

　　当然也有例外，那就是住在天子地顶上的刘竹蛤，刘竹蛤原名不叫刘竹蛤，而是因为他捉的蛤蟆多了，人们才称他为刘竹蛤。刘竹蛤仿佛天生就是竹蛤蟆的克星，只要他出手，一捉一个准。只是刘竹蛤不肯轻易出手，一个月他就捉一只，一年一共捉十二只，这十二只都卖给了龙泉县城南的阳春药店。

　　阳春药店自从有了刘竹蛤送来的竹蛤蟆，生意就好得不得了，不但有人先给定钱定竹蛤蟆，还有人有事没事就和阳春药店的老板套近乎，希望能够早日买到竹蛤蟆。阳春药店的老板见竹蛤蟆给自己带来这么大的利润，忍不住在县城最好的春来酒家请刘竹蛤喝酒。

　　刘竹蛤是酒照喝，菜照吃，但对于药店老板提出每个月都增加几只竹蛤蟆的事情，却是充耳不闻。到了最后阳春老板实在没办法了，拉住刘竹蛤想要端起的酒杯说："我一只竹蛤蟆给你提两块银元，总行了吧？"望着一脸期待着的药店老板，刘竹蛤脖子一挺："一月一只，爱要不要？不要我找别的药店。"阳春药店的老板没有办法，只得举着手求饶："要，要……"

　　看着已经喝醉的刘竹蛤一摇一晃地走出酒店，阳春药店的老板不禁摇头叹息："还真没有见过世上还有这么不要钱的人。"其实阳春药店的老板不知道，刘竹蛤在秀姑死了之后，就不再想要更多的钱了。

　　提到秀姑，那是刘竹蛤一生的痛。秀姑是刘竹蛤堂兄的童养媳，从小就和刘竹蛤一起砍柴放牛。慢慢长大了，两个人也就有了感情，并且在一个月黑风高的夜晚，两个人在河边发下誓愿，此生要在一起。

　　秀姑十六岁的那年，刘竹蛤的那个堂兄提出要跟秀姑完婚，可是秀姑誓死不从，并且说她肚子里已经怀上了刘竹蛤的血肉。刘竹蛤也跑到堂叔家里，跪在堂叔的跟前要堂叔把秀姑许给自己。刘竹蛤的堂叔火冒三丈高，跑到祠堂敲响了大鼓，要族长为自己主持公道。族长和族里的人一听完刘竹蛤堂叔的叙述，当即决定把刘竹蛤和秀姑放进猪笼沉潭。

　　刘竹蛤命大，沉到潭底被一位路过潭边的老人给救起，秀姑却永远地去了。这位老人把刘竹蛤带到了天子地顶上，从此刘竹蛤就和这位老人生活在一起，这位老人不但救活了刘竹蛤的身，还救醒了刘竹蛤一直想轻生的心。

　　在和老人一起生活的过程中，这位老人教会了刘竹蛤捉竹蛤蟆的技法。说起捉竹蛤蟆的技法，许多人其实都看到过，因为这些人都想偷学到刘竹蛤的这一手捉竹蛤蟆的技法，刘竹蛤却不担心别人学去。他就两片竹叶，一根红绳，走进深山，寻到水源，听到竹蛤蟆的叫声，他把竹叶放进嘴里，轻轻地吹响，这时就见竹蛤蟆像是吃错了药一样，竟然跳到刘竹蛤的手上，任由刘竹蛤用红绳子绑住它的嘴巴和双脚。

　　跟在刘竹蛤身后想学的人跟多了，也就知道了刘竹蛤的这几下子，于是自己也跑到深山老林中，寻到水源，听到竹蛤蟆的叫声，也像刘竹蛤一样用竹叶含在嘴里吹出像刘竹蛤一样的音乐，谁知道竹蛤蟆没自动跳出来，竹叶青蛇却吐着蛇信子，把吹音乐的人一口咬住了。到了后来，再没有人跟在刘竹蛤的身后，大家知道学也是白学，各人有各命，竹蛤蟆的命就是给刘竹蛤的，别人动就得死。

这天，刘竹蛤又拿着一只竹蛤蟆走进阳春药店，可刚一进药店的门，就被药店的老板一把拉住，一边把刘竹蛤拉往后门，一边低着声急促地对刘竹蛤说："快跑，新来的县令正在到处找你捉竹蛤，说找到你得让你每日送上一只竹蛤蟆炖童子鸡，否则就要杀掉你。"

刘竹蛤一听，扭头就往药店的后门跑，一边跑一边听见身后传来县衙捕快的喊叫声。

说起这位新来的龙泉县令，龙泉县的老百姓一个个都恨得咬牙切齿。因为这位县令别的本事没有，折磨人的本事却是一套一套的，层出不穷。不管是县里谁来告状，状告何人，这位县令都先把原告和被告关进大牢。等到夜深人静的时候，这位县令就慢慢悄悄地拿着蘸了盐水的皮鞭，往睡得正香的原告被告的身上抽。等到抽到自己没有了力气，他又拿出一枚一枚的小钉子来刺原告被告的手指，这样一直折磨到原告被告到天亮，他才罢休。

有人说是新来的县令房事不行，他才内心万分憎恨那些房事生猛的男人，可是他又拿这些男人没有办法，于是他就把这样的憎恨发泄到那些告状的人身上。这样龙泉县没有一个人敢到县衙门里去告状，大家都知道，告得好就好，告不好自己小命也没了。

不知道是谁告诉新县令吃竹蛤蟆炖童子鸡可以让自己雄起的事情，新县令就找到阳春药店，要阳春药店把所有的竹蛤蟆贡献出来。可是阳春药店的竹蛤蟆也是癞痢头上的虱子——有只数的。刘竹蛤一个月就捉来一只，而这一只早早就有人定好了。新县令也知道就是把阳春药店一年的竹蛤蟆都给自己也只有十二只，十二只对于自己来说只是杯水车薪，因为给自己看病的郎中说了，得吃上九九八十一只竹蛤蟆炖童子鸡才有用。

九九八十一只竹蛤蟆，除了刘竹蛤没有一个人能做得到，于是县令派出全县的捕快去抓刘竹蛤，可是刘竹蛤早就跑得没影了。

抓不到刘竹蛤就治不好自己的病，县令忽然心生一计，他从刘竹蛤的家族抓了九九八十一个人，并且四处放出风去，限刘竹蛤五天之内捉来竹蛤蟆换人，一只竹蛤蟆换一个人，九九八十一只竹蛤蟆换取刘竹蛤的八十一位族人。

刘竹蛤的族人这才知道当初真的不该得罪刘竹蛤,不但不允许他和秀姑的婚事,还要把他和秀姑沉潭。可不找刘竹蛤又能找谁呢？这些天,天天都有刘竹蛤的族人跪在天子地顶上,对着刘竹蛤的草屋大喊:"竹蛤,你就救救我们的那些族人吧,我们知道错了……"也有不怕死的族人,自告奋勇地去捉竹蛤蟆,可是竹蛤蟆没有捉回来,人却被竹叶青蛇咬死了两个。消息传到大牢里,那些刘竹蛤的族人更是觉得没有生的希望。他们哭的哭喊的喊,都后悔当初不该那样对待刘竹蛤。

四天过去,第五天来的时候,刘竹蛤的族人在族长的带领下,一行行像蜡烛一样跪在龙泉县衙门口,指望县令能够把族人放出来,可是县令却放出话,过了子时如果还见不到刘竹蛤送来的竹蛤蟆,就一天杀一个,直到把九九八十一个人全杀了为止。

第五天天暗下来的时候,刘竹蛤出现了,他的手上拿着一只红绳子捆缚住的竹蛤蟆,竹蛤蟆在月色的照耀下,发出一身碧绿的冷气。刘竹蛤把竹蛤蟆递到衙役的手上,转身就走,县令倒也守信,马上命令手下的人放出一个刘竹蛤的族人。

第一只竹蛤蟆炖童子鸡刚刚喝下,县令就发现自己的身体有了反应,等到第二十四只竹蛤蟆进了自己的肚子,县令就像发情的公狗一样满大街寻找漂亮的女人,龙泉县那些家里有漂亮女儿的家长,都说刘竹蛤是在喂狼,好了自己的族人,却害了县里的漂亮女子。

不知不觉,两个月过去,刘竹蛤送竹蛤蟆的时辰越来越晚,而且有从刘竹蛤手里接过竹蛤蟆的衙役说,刘竹蛤从头到脚全身都充满着冰气,挨过刘竹蛤的手指就像摸冰块一样。第八十一天,神山寺的钟声敲过亥时了,刘竹蛤还没有出现,等得不耐烦的县令把刘竹蛤的最后一位族人拉到了县衙门口,骂骂咧咧地说,如果刘竹蛤再不出现,他不但要先杀了这最后的一位族人,明天一大早还要把刘竹蛤所有放出去的这八十位族人给杀了。正在这时候,刘竹蛤出现了,他穿着一身绿衣绿裤,而且更莫明其妙的是他的头顶上竟顶着一顶竹叶编织的绿帽子,这次刘竹蛤刚把竹蛤蟆递到衙役的手上,他嘴里的两片竹叶就发出一阵风声,紧接着刘竹蛤的左手拿着一把尖刀,用力朝自己的手掌砍去,手掌应刀而落,刘竹蛤手上的血就像喷泉一样射向县令及他身边的人,血还没有落完,刘竹蛤身后就涌出了无数的竹叶青蛇,这些蛇一闻到刘竹蛤的血,就像闻到毒品一样兴奋,它们纷纷向县令及他身边的人咬去。

原来刘竹蛤每月只捉一只竹蛤蟆,就是因为竹蛤蟆嘴里流出的黏液会弄到身体上,这种黏液只要一点就会经过皮肤被血液吸收,血液一旦吸收了,就会发出竹蛤蟆特有的气味,这种气味被竹叶青蛇闻到,竹叶青蛇就会跑出来纠缠,一发现原来不是竹蛤蟆是人,竹叶青蛇马上会发动攻击。刘竹蛤每月都得等自己血液中没有了竹蛤蟆的气味,才敢再去捉第二只竹蛤蟆。现在一口气捉了八十一只,还好得刘竹蛤有师傅留下的特效药,才让刘竹蛤撑到捉到八十一只竹蛤蟆。八十一只竹蛤蟆一捉,刘竹蛤就知道自己活不长了,只是县令不除,族人不放,他不甘心。所以他自砍手掌,就是让那些跟在自己身后的竹叶青蛇能够像部队一样向县令攻击。

等到刘竹蛤的族人赶到,刘竹蛤只对族人说了一句话:"把我和秀姑葬在一起。"第二天,刘氏家族全族出动,那救出的八十一位族人披麻戴孝,跪成一个长队,把刘竹蛤和秀姑两人葬进了刘氏家族的祖坟地。来到刘竹蛤坟墓面前跪拜的还有许多是龙泉县的老百姓,他们说他们终于又可以告状了。

苦呀鸟

刘礼柱　搜集整理

"苦呀，苦呀"悲切，凄凉，声声揪人心弦。它为何这般鸣叫，还有一段传说呢！

从前，有一个勤劳贤惠的老妈妈，早年丧偶。她靠自己勤劳的双手，节衣缩食，把儿子拉扯成人，并给他娶了媳妇。

儿子大了，身边又有了媳妇，老妈妈该享享福了。谁料，老妈妈长年累月劳累过度，好端端的一双眼睛，从此早晨看不到日出，暮时见不着日落。儿子非常伤心但又无法挽救。

老妈妈失明之后，生活上不能自理，孝顺的儿子年年如日侍奉她，使她过得非常愉快。儿子还经常去田里、沟里抓一些妈妈最爱吃的泥鳅用瓦罐炖汤给妈妈吃。妈妈吃着香喷喷的泥鳅汤常啧啧赞儿道："儿啊！您太疼娘了。"

一日，儿子照常去田里抓到一些泥鳅用瓦罐放在灶膛里炖汤，自己扛上农具去干活了，临出门的时候，吩咐妻子：等泥鳅炖熟了，端给母亲吃。

谁知，狠心的妻子，待泥鳅炖熟了，自个儿端着瓦罐吃得一干二净。然后在地边挖了些蚯蚓，炖熟后端给老妈妈吃。

双目失明的老妈妈，端着儿媳递来的碗，心里乐滋滋的，哪知，她吃了几口，便搁下了碗。

儿子从地里回来了，脚刚进妈妈房门，便问道："妈妈，泥鳅汤好吃吗？"

"儿啊，吃是好吃，就是有一股泥土味。"

儿子听罢,心里震了一下,往常妈妈可没有这般说过呀。"还有嘛?拿给儿看看。"

妈妈摸索着端给儿看。儿子接过碗,只见汤里浮着几条长长的蚯蚓,霎时,气昏过去了。

儿子醒后,心里明白了是怎么一回事,他并不打他的妻子,也不骂她,只是处处自己侍奉妈妈为是。

一日,他带着他的妻子去砍柴,路过悬崖陡壁时,只听"轰隆"一声,石片飞驰而下,瞬间把他的妻子埋在石壁下,不一会儿,一只鸟儿从石缝里飞出来,嘴里直叫着"苦呀,苦呀。"

"苦呀——,苦呀——"苦呀鸟直叫到鼻孔出血,方能吃到一条有泥土味的蚯蚓。

蟾蜍送宝

古风　搜集整理

从前有一对夫妇，年近花甲，生了一子，爱如掌上明珠。妻高兴地问："这孩子叫什么名字？"夫欣喜若狂地回答："因为我们两人对去世的父母都有良心，这孩子就叫良心吧！"

良心家里穷得上无片瓦，下无寸土。在他五岁的时候，父亲就辞世了，丢下孤苦伶仃的母子俩，全靠母亲挑柴卖炭度过艰难的岁月。

转眼间，良心十五岁了，母亲失去了劳动能力。他接过母亲的扁担，仍然全靠卖柴维持生活。

良心宁愿自己挨饿忍饥，也不让母亲伤心气肚，每次卖柴，不管多少钱，都要砍些肉回家，以滋补母亲的身体。若逢天寒地冻，他就用火笼烘暖床或者睡暖，才叫母亲去睡觉。如果饭少，让母亲吃饱，自己吃野菜充饥。

衣少食薄的良心，挑柴卖炭，常常在路上昏倒。

这一天，良心卖完柴、砍了肉、买了药就匆匆回家。因为老母已病了几天，经过治疗见效甚微，所以他回到家里，把肉和药放在锅里炖着，才去母亲房中问候病情，母亲声音颤抖地说："孩子……你对我的良心……是人间少……见的。以后……你定有……"谁知话未说完，呼吸急促，一命呜呼。

良心扑在母亲身上，哭得死去活来，泪如泉涌。

一年过后，在一个漆黑的夜里，良心模模糊糊地睡去，仿佛母亲站在床前说："孩子，你不要再愁虑了，明天你去做一件好事——圲上有八个'贼子'捆在柱子上，定要把它们解救。"良心从梦中哭醒，泪流满腮。天亮后，他又挑着柴赶圩去了。

柴卖了，良心从圩头到圩尾，根本没有看到什么"贼子"，只有八个蟾蜍捆在一间店铺门前的柱子上。他想莫非蟾蜍就是"贼子"吗？他走前去一看，那些蟾蜍的前肢后腿乱划乱踢，刮得柱子都索索作响，个个眼睛突起，一眨一眨的，好像在说："良心，你救救我们吧。"

他看到被绑得紧紧的蟾蜍，四肢积血已丹色，感到十分可怜，伸手去解。不料老板出来，瞪眼说："谁叫你去解？这些怪物昨夜在店里肇事、偷东西。捉了多次捉不着，后来请法师，才把它们捉住。今天，我要买一千斤柴，把它们烧死。"

良心听后就说："老板，你请法师花了钱，又要花钱买柴，这几天的生意不是白白做了？"想了想又说："我现在想个好办法，钱不花，事办妥，岂不两全其美？"

吝惜的老板渴望地说："请把办法说出来。"

良心爽朗地说："柴嘛，我家堆山塞海，若是把它们交给我，烧成灰也非常容易。"

"柴钱谁出？"老板反问。

"我烧我出。"良心干脆回答。

老板认为，这确实是两全其美，借刀杀人的好事，便点着头说："可以，把它们交给你，不过还要交押金，我才放心……"

良心把卖柴的钱，当作押金毫不迟疑地交给老板。他就解开蟾蜍，高高兴兴地掂着回家。

担柴卖炭的良心，经常路过一个清澈透底的深潭。他常常在潭边休息，静坐欣赏。口干，潭水止渴；肚饿，潭水当餐。这一回他又到潭边，母亲的"梦嘱"浮现脑中。他想，就把它们放到潭里去吧，让它们在宽阔的潭里舒畅地游，快活地跃，该多好啊。

良心解开蟾蜍，边放边叮嘱："蟾蜍，蟾蜍，我告诉你们，老板说你们是害人精，我今天给你们再生路，改邪归正贵似金。"

蟾蜍们重获生路，眼一眨一眨，头一摇一摇，表示向良心磕头谢恩。它们有的游，有的窜，潭面掀起一圈圈的水波浪花。良心看到它们快乐无比，自己也乐得拍手大笑。

蟾蜍为了酬谢救命恩人，披星戴月奔赴蟾宫，经过千难万险，弄到一个旧盆子，决定送给良心，以作谢礼。

半月之后，良心特意去看望蟾蜍。站在潭边一望，风平浪静，除了几股山泉潺潺的歌声以外，什么杂音都没有。他就拍掌念着："蟾蜍蟾蜍好朋友，你们重新得自由，我心忧郁无人晓，唯有你们解我忧。"

恩爱且将恩爱报，良心自有良心酬。蟾蜍听到良心的歌声，它们欢天喜地地托着盆子浮出水面，摇头摆脚地向良心送去。

良心欢欢喜喜地领受礼物。它们就咯咯地歌唱，欢乐地舞蹈，整个潭面水花溅溅，白浪滔滔。

这个盆子，确实有点奥妙，良心在家里放饲料喂鸡、喂猪，整天饲料满盆，老是吃不完；装些铜钱去，早上放，晚上铜钱满盆；丢些碎银去，晚上也满盆的碎银黄金。

从此，他的生活日益富裕，做新房，娶贤妻，生儿育女，百事顺遂，发达兴隆。

老虎看筒车

郭昭塘　搜集整理

在日常生活中，我们对于某种看不懂的事物，常用"老虎看筒车"这个俗语来进行比喻或讽刺。那么这个俗语是怎么来的呢？据说，很久很久以前，遂川山区有一只猛虎，一天它饿了，就去寻找食物。它翻山越岭找啊找啊，走了很远很远的路，才在一个山坳里看到一只兔子正在草地上吃草，老虎心想，美餐来也！就朝兔子猛扑过去。兔子一听身后呼呼生风，凭经验它知道大事不好，头也不回撒开四条腿就跑．老虎在后面紧追不舍．兔子见摆脱不了老虎的追赶，便一头钻进树丛里。老虎也往树丛里追，不料那密如蛛网的树枝荆棘藤条裹住了它的双脚，使它动弹不得．等它挣脱出来，兔子早就逃得无影无踪。老虎只好继续往前寻找。翻过一座山头，它忽然看到一只火红色的狐狸从一株大楠木树背后鬼鬼祟祟地探出脑袋来东张西望，老虎一见立即纵身扑过去。狐狸见老虎张开大口冲过来，迅速转身钻进楠木树背后一个洞穴里。老虎追到洞穴边，发现洞穴口太小，根本钻不进去。老虎用前爪抓几把土狠狠地塞进洞口便离开了。老虎继续往前寻找食物，它走呀走呀走到一条河边，看到河边耸立着一架高大的筒车。这架筒车正吱吱呀呀地转呀转的，一筒一筒清澈的水从河里提上来倒在一条长长的木槽里，然后水又从木槽里流向小渠。老虎嘴里念叨："谁在这里提水啊？"此时老虎已经饿得饥肠辘辘，它想，既然有人在这里提水，我为何不在这里等提水的人来，然后把他吃掉解决肚子问题呢？老虎本来不想吃人的，因为人有铳，会用来打猎，很可怕。但此时此刻，它顾不得那么多了。于是老虎就藏匿在岸边芭茅丛中等候。

等了一会儿不见人来,老虎有点不耐烦了,想离去,但转念一想,既然提水,就笃定会有人来,于是继续耐着性子等。等呀等呀,一直等到日头下山继而月亮升天,老虎也没有等到人出现,老虎饿得实在不行了,只得另想办法。它怏怏地离去。一路上心里不停地嘀咕:"真看不懂啊,没有人操作,那么大的一个圆圈竟然会不停地把水从河里提上来。"于是"老虎看筒车"就成了遂川一些群众的一句俗语。

"千嘴妇人"的传说

刘斌 搜集整理

记不清是发生在哪个朝代的事情了。当时天上有一个千嘴妇人,在玉皇大帝打瞌睡时偷偷溜到了凡间准备扰乱天下。她来到凡间之后,便与一个姓张的秀才成了亲,没想到三个月之后这个秀才便不明不白地死去了。过了不久,这个千嘴妇人又凭她的美貌迷住了一个商人,并与他结了婚,可是没想到这个商人又在三个月之后死去了,死得也是不明不白。这时,地方上的人们都说她是天生有克夫的命,所以再也没有哪个人敢与她结婚了。

在邻村有一个姓王的屠夫,已是四十多岁了还没有成亲。他听到这件事后,感到非常奇怪,他想我就不信她有这么可怕。他也不顾人们的劝阻,请了一个媒人前去提亲,没有想到,她同意了。地方上的人们都为他担心,他说:"我一生杀猪都记不清杀了多少了,难道还怕制服不了一个女人吗?"他也就没有听从这些人的劝告。还是择了一个黄道吉日与千嘴妇人成了亲。在成亲的当天夜里,他感到浑身又痒又痛非常难受,就检查了千嘴妇人的全身,他发现她的头发里有许多小虫子在飞舞、蠕动。这时,他感到害怕了,同时也明白了秀才、商人的死因。第二天,他便到了附近的一个庙里向一个老和尚请教。这个老和尚是一个得道高僧,王屠夫还没有来之前,他已经知道了这件事,他当时就对王屠夫说:"现在你只有将她杀死,才能挽救你的生命。"王屠夫问他用什么办法才能将她杀死,老和尚说:"我画一张符给你,你带回去在她睡着的时候贴在她的头上,砍下她的头,将她尸身一起烧了,然后把她的骨灰交给我,贫僧自有办法处置。"王屠夫回去后，果然依计而行，将千嘴妇人杀死了，并将她的尸身焚烧成了骨灰。在收拾这些骨灰时，王屠夫发现有很多的虫子附在上面，他没有办法弄死这些虫子，最后只得将这些虫子连同骨灰一起包好交给了老和尚。老和尚一见王屠夫提着一包东西来了，就知道事情已经成功了，赶紧迎上去，双手合一说道："施主为民除害，善哉，善哉，贫僧这边谢过了。"王屠夫也没说什么，只是放下这个包就走了，王屠夫走后，老和尚解开这个包一看，里面密密麻麻的虫子覆盖在骨灰上，老和尚心中自然分晓。他从里面拿出自己画的符，然后用一个小坛子将这些骨灰和这些虫子都装了进去。在坛口贴上封条，对一个小和尚说："你把这个坛子扔到后山的无底洞去，记住路上千万不要打开这个坛子。"小和尚领命去了，小和尚捧了这个坛子一直向后山走去。路上，他想：师父可从来没有什么东西叫我扔到这个洞里，这里面到底装的什么东西呢？他越想越感到奇怪。说道："趁这儿没有人，我何不打开看看呢？"他把坛子上的封条揭去，将这个坛子倒转了过来，就在这时，忽然刮来一阵阴风，刮得小和尚分不清东南西北了，坛子里的东西也被这阵阴风刮得一干二净了。风停之后，小和尚只捧着这个坛子呆呆地出神，没有办法，只好捧着这个坛子一步一步地回到寺庙里，老和尚一见小和尚捧着一个空坛子回来，心中已经明白发生了什么事情。合掌说道："罪过，罪过，你为世间留下了祸害了啊。"

原来这个千嘴妇人下凡就是为了达到这个目的，如果小和尚听从了老和尚的嘱咐，世上也就不会有蚊子、跳蚤、臭虫一类的吸血虫了。

古风吹来的记忆——遂川民间故事
GuFeng ChuiLaiDe JiYI

美德故事

公平与交易

兄弟分家

腊肉发蛆

瞎眼兄弟

一个善良的人

花花泡水情难舍

公平与交易

吴崇泉　搜集整理　讲述人：吴垣

人们在进行买卖，处理贸易事务时，往往会用起"公平交易"这个偏正词组来。要说"公平交易"的来历的话，那倒是有一个感人的传说。

相传一千多年前，江南某地，有对同年、同月、同日、同时生的老庚。一个叫公平，一个叫交易，两人都很贫苦，从小在一起长大，几十年，形影不离，情同手足，休戚相关。

一天，天气炎热，公平都还拼命地在山冈上垦荒。他不顾汗水洗面，唇燥口渴，只想把这块荒地早些垦完。正当他使劲地挖时，突然，"咄嘟"一声巨响，惊得他连退了两三步。他擦亮眼睛一看：只不过挖破了一只瓦罐，用锄头一扒，里面却有一个金光闪闪的圆物，他小心地拿起圆物，用鉴赏的眼光看了好几分钟。呵！原来是个珍宝——金锭，真是福从天降，顷刻公平心里乐开了花！

但是，公平高兴过后却又犯愁了，他想：金锭只有一个，不能把它平分一半给交易呀！他挖空心思，终于想出了办法。只见他把金锭原封不动地放回原处，用土掩盖好。然后才急急忙忙往交易家跑去。

这时，交易正在田里干活。公平跑得气喘吁吁，一望见交易便边跑边高声喊道："老庚，快回来！"交易以为出了紧急事，手脚未洗，匆匆回家。他惊奇地问："老庚，出了什么事呀？""老庚，我们走运啦，刚才我挖到一个金锭，咱们赶快去取吧！"公平兴奋地说。

"哎呀，老庚，你拿回去就是啦。"交易若无其事地说。"我可不能不劳而获啊！"

公平急坏了，拉着交易就往外跑，并激动地说："咱们有福同享，有难同当，我可不能瞒着你独吞它！"

两人来到荒地，把土掀开，挖出瓦罐。公平一看，不禁跳起来，瓦罐里装着两个金锭！"老庚，我不用发愁了，老天爷又给造了一个金锭！现在我们一人有一个啦。"公平把金锭取出，递一个给交易，交易再三推辞。两人你递我推，一直到夕阳西斜时，才分别捧着一个金锭乐哈哈地各自回家。

从此以后，人们把公平和交易两个名字连起来组成为一个词组，一直沿用到现在。

兄弟分家

李辉煌　搜集整理　　讲述人：黄连招

从前，龙泉某地有个老农生了两个儿子，大的名叫阿强，小的名叫阿忠。阿强凶悍，蛮横不讲理，阿忠学裁缝，为人很老实。老农死后不久，兄弟闹分家，阿强对阿忠说："爸爸留下的家业不多，我是老大，多少应该我先得，你会做裁缝，经常出门做手艺，吃东道的饭，又有活钱用。耕牛、农具及些许小家物全归我。你分一个老鸡婆去吧？鸡婆会下蛋，可吃又可卖。黄牛、家物要看管，给你多麻烦。"阿忠听哥哥说，好像有道理，因此大黄牛和家物都给了哥哥，自己只好分了个老母鸡。

阿忠很爱老母鸡，出门做衣服都把老母鸡带到东道家里去。一天带到一个东道家，刚把母鸡放出笼，东道家里的一条大黑狗把这只母鸡一口咬死了，阿忠哭得很伤心，对主人说："我的家业就是这个大母鸡。"主人说："不要哭，我把这大黑狗赔你。"

阿忠得了大黑狗，心里很高兴，因为这条黑狗很听阿忠的话，吩咐干什么，它就干什么。同样能拖犁耕田，比他哥哥分得的大黄牛还要好。因此他哥哥要借用他的大黑狗。可是黑狗很奇怪，阿强使用它，它就不听话，一步也不走。阿强恼起来一棍把它打死了。阿忠为了悼念大黑狗，把它葬在屋脊山坡上。

过几天这狗的坟墓上长起一根竹。阿忠爱狗也爱这根竹，天天早上跪在坟墓上哭狗摇竹说："狗呀狗，你死在我哥哥手，葬在屋后坡，你应该年年保佑我。"一把眼泪一声哭，手摇青竹金银落，他哥哥看见弟弟摇竹落金银，便对弟弟阿忠说："我的生活也很苦，明天我也去摇摇竹。"第二天，天一亮，他哥哥就到狗坟上去摇竹。这竹不但不落钱反而狗粪落得他一身。阿强气得要命把竹砍掉了。阿忠看竹被哥砍掉，把竹拉回家破篾织篓子，天天晚上装得满篓子的鱼子。他哥哥拿去装，装的尽是蛇。阿强吓得要命，把篓子砸烂了。阿忠把砸烂的篓子剩下的颈口拿去做鸡窝，全村的母鸡都到这鸡窝去生蛋。他哥哥阿强拿得去，全村的母鸡都跑去拉屎。阿强越来越气，把鸡窝放把火烧成灰。

阿忠见鸡窝烧成了灰，便把灰担去做肥料，肥冬瓜，结的冬瓜又多又大。瓜大有人偷，阿忠有一天夜晚去守瓜，钻进白布袋，睡在瓜棚上。一群猴子来了以为是一个大冬瓜，把他抬回石洞内。猴子出去了，阿忠爬起来，发现旁边另一个石洞内金光闪闪，阿忠走近一看原来是珍奇异宝，黄金白银等物。趁着猴子没回来，便把金银用布袋装回去。他哥哥阿强越看越眼红，又跟弟弟阿忠说："明天晚上我代你去守瓜。"

第二天晚上阿强仿照阿忠的样，用白布袋装好自己睡在瓜棚上，一群猴子又来了，看见白袋装的瓜比前一天晚上的大，便欢欢喜喜抬往猴洞走。扛到石壁过狭径，阿强在布袋内放了个大臭屁，吓得扛他的猴子说："烂冬瓜、臭冬瓜、我们不要它。"把他从石壁顶上丢到山脚下。贪得无厌、蛮横欺弟的阿强便这样摔死了。而善良诚实的阿忠把在猴洞捡回的金银拿去做了一栋新房子，娶了一个漂亮能干的闺女做妻子，安家乐业，勤耕苦种，日子越过越好了。

腊肉发蛆

刘任 搜集整理

清朝末年，龙泉县于田乡有一户人家，兄弟俩读书。其兄较为懂事，起初好学勤奋。先生对他点教的经书能死读硬背，成绩优良。其弟年幼贪玩，学习不上进，先生对他点教的经书仍然回到先生的肚里了，成绩差劣。

第二年春，他们的父亲认为大儿子读书肯用心，有奔头。筹置了一套新东西，准备送大儿一人去读书。小儿呢？留在家里看牛，捡猪屎，割柴草。可他们的母亲对丈夫说："人说团箕晒谷，教儿读书。我们的儿子，他们谁有前途，谁有前途呀，谁也说不清。我愿意忍饥受冻，起早摸黑，累死累活也要让他们两个都去读书。"在母亲的逼劝下，小弟又有了读书的机会。

兄弟两人上路了。哥哥挑着一副崭新的被盖，一只鲜红的木箱，扁担上还挂着一条条长短不齐的橙黄腊肉，上身穿着一件合身的长褂子。总之从头到脚全都是新的。弟弟呢？像个叫花子，被子露出棉花头放在七洞八缺的乌黑的烂箱上，扁担的另一头拴着一只罐子，里面全盛着霉豆腐，衣服虽然没有灰尘，可白一块，黑一块，连鞋子都没有穿。

兄弟两人，一前一后。哥哥一路蹦一路跳。得意非常，弟弟一路泪一路想，忆前思后。到校后，哥哥忙于熬肉，洗衣擦靴。弟弟呢？把被盖甩在床头，捧书就读。晚上坐在油灯下，废寝忘食，彻夜攻卷，深夜筋疲力尽时，就靠在捆好的被盖上，像和尚一样，睡醒了又读，有时走出去散散心，回来又读。

久而久之，一直未解开的被盖里，爬出了许许多多的大小蛆虫来。打开一看，乃是母亲的疼儿之心——一块肥大的腊肉……

人在有志，事在奋发，正因为弟弟有志气，有毅力，有恒心。后来一试而就，考上了一个拔贡，哥哥呢，却名落孙山。

瞎眼兄弟

黄献华　搜集整理　讲述人：廖细妹

　　从前，有个老太婆病瞎了双眼。任何营生都做不得，吃却很吃得，一餐吃得下三升米的粥。她的两个儿子天天要侍候老人，还要搞那么多给她吃，日子一长，也就有些厌烦了。后来，兄弟俩竟巴不得老母亲早点死。可是，那老太婆却越活越健康，越活越吃得。

　　那天，兄弟俩谋划了一番后，向老母亲说："娘！这么多年你都没去舅舅家看看了，舅舅要我们送你去他那里歇几日。"老母亲说："我两眼一抹黑怎么去呀？"弟弟说："不要紧，我们扛你去。"老母亲："我们家连只睡椅都没有，拿什么扛啊！"哥哥说："家里不是有只大猪笼吗，你坐进里头去稳稳当当。"老太婆也觉得可以，就让兄弟俩扛着上路。

　　走了大半天，来到一座大山林里。兄弟俩把老母亲连猪笼一起扛进一条人头深的山沟里，说是找口水喝，转身丢下老娘再也不管她了。

　　这时，日头已经落山了。老太婆困在猪笼里，等了许久，不见儿子回来，急得她又叫又喊，没有半点回音，她就知道是两个短命鬼丢下她走了。她又哭又骂，可这深山林中有谁能发现她呢？

　　恰好山道旁走来一对捡柴晚归的小兄弟，他们听见山沟里有人声哭喊，赶忙丢下柴担，往山沟里奔去。他们救起老太婆，问明了来由，把那狼心狗肺的两儿子痛骂了一顿后，又好生安慰了老太婆一番。随后，柴也不顾得挑了，小兄弟轮流背起老太婆，径直回家了。

　　小兄弟俩从小就死了爹娘，尝够了冇爹冇娘的痛苦，这会儿背个无人要的老太婆回来，兄弟俩也就把她当亲娘侍候。娘前娘后地喊得够亲热。老太婆还放心不下，她想：自己亲生的儿子都不要她了，这对陌生兄弟又能与她亲热几天呢？可是，小兄弟俩一点也不见外，有好吃的先要送到她面前，请她先吃；饭不够，尽管自己饿肚子也要让老娘先吃饱，寒热冷暖日日照顾，衣食住行样样周到，天长日久，年年一样。

家庭和睦日子好过。一晃就是三年时光。那日小兄弟俩吃了早饭，说起家中贫寒，拿不出什么好东西孝敬老母亲，心中很是难过。他们商量一阵后，决定今日就不去砍柴，到山里去看能不能捕捉些野禽野兽来给母亲调养身子。兄弟俩追赶了一上午，没家没伙哪能捉得到什么？最后才冒险捉了两条活蛇归来。听说，吃蛇能治眼病，兄弟俩更是欢欢喜喜地熬了几碗蛇汤给母亲喝。老太婆喝了一口，甜得直咂嘴巴，含着眼泪直夸孩儿"良心好"。

说来也怪，老太婆吃了蛇肉，喝了蛇汤，两只眼睛也渐渐地亮了起来，后来也就完全复明了。两兄弟又惊又喜，又唱又跳，老太婆更是高兴得年轻了十几岁似的，天天吵着要跟着孩子去砍柴。兄弟俩说什么也不让老母亲上山。说来说去只答应她在园中种点菜。老太婆也就扛把锄头来到园中，一锄头挖下去，撬开来，竟是一窖亮闪闪的金银财宝，真是喜上加喜，接着又是建房又是娶亲，日子越过越红火。

这日，老太婆七十大寿，孩儿们在村上为老母亲的寿辰摆筵庆贺。远近讨饭的闻讯赶来，在屋门前排了一长溜。老太婆亲自上前把些好酒好菜打发他们。突然间，她看见站在前面的两个讨饭的竟是自己亲生的两个儿子。也不知道什么时候这兄弟俩都瞎了眼，老大还跛了足，一跳一跳的，着实可怜。老太婆正要上前认他们，记起往事，心火突突烧，一转身又从讨饭的队伍后头分发饭菜，轮到前面瞎眼兄弟，端出来的饭菜就刚好没有了。第二天，瞎眼兄弟也站在讨饭队伍后头，可是这天分发饭菜却又是从前头分起，轮到他们两个又没有了。该死的一对瞎眼兄弟两天都没有讨到一点米水。后来，老太婆实在不忍心，才暗暗地塞了点银子打发他们走了。

这天下午狂风大作，暴雨连连，雷火阵阵。瞎眼兄弟挽挽扶扶地刚走到当初丢下老娘的那条山沟边，一声炸雷劈头而下，两个瞎眼兄弟死作一堆。他们口袋里那点老太婆送的银子，正好将就着给他俩买了两副棺材。

一个善良的人

何斌　搜集整理

从前，有个心地十分善良的人，他一心想帮他那贫穷的结拜弟弟发些财。一日他邀义弟去贩牛卖，义弟说："我没有本钱。"他就开朗地说："这不用你管，你只跟我去就是了。"于是他俩就一起去买了十头牛，并一人买了一双新鞋穿着往回走，行至一个比较偏僻处，兄长被一块石头绊了一跤，把新鞋也跌破了。他叫义弟赶牛先行，自己便把路中心的那块石头搬去，他使劲搬开一看，原来石块底下有一缸金银。因他没有什么装，又把石块搬回去了。他把这事情告诉了义弟。义弟心怀鬼胎，想一人独吞，就出了个主意说："哥哥，口干了，歇歇再走吧？""好。可这里哪儿有水呢？"义弟把他带到离路边不远的一个地窖边上说："这下面有水，拿根绳子放下去，我抓住绳先下去，喝完你就拉我上来。你再下去不就可以喝到水了吗？"可是义弟上来了等他下去喝水时，义弟却把绳子拿走了。

且说义弟把牛卖了，再去取那缸金银，搬开石头一看，原来是一缸透明的水，便俯下身喝了起来。一口下肚，觉得十分甘甜，就一饮而尽。带着卖牛的金钱回到家中，藏好银子，就去见嫂子说："哥哥在途中患病，因不够钱医治便死去了。"嫂嫂听后悲痛无比。义弟从此却患了"黄肿病"，在家卧床不起了。

话说在地窖里的兄长，在那里喊了几天都无人知晓。又一日，一位过路的好像听到有人叫救命，便停下脚张望、寻找。于是，兄长得救了。他回到家中见了妻子，妻子十分惊讶说："你义弟不是说你死了吗？"他说："哪里死得了。"但他只字未提及过他的遭遇，只是叫妻子去买些菜回来，晚上他要请客。到了晚上妻子摆好丰盛的酒菜，他便去叫义弟到家里来吃饭。义弟见他没死，满面羞愧，他却说："过去的让它过去，我们还是要像以前一样好。"说罢便连扶带拉地把义弟请到家中，几杯酒下肚，义弟便醉昏昏地在他家睡了。到半夜，义弟又吐又泻，弄得一床的脏物怕兄嫂见怪，未待天亮便起身走了，待兄长天亮起来去看他时，只见地下，床上尽是金银，而义弟却不见了。于是就关好门去找义弟，而义弟见兄长来了更是惭愧地说："昨晚蒙兄盛情，小弟过于蠢食污了兄长床铺……"未等他说完兄长便把义弟拉回家里，开门一看却把义弟惊呆了。心想这不义之财不可取也，兄之宽宏，此财终究归他。兄长见他尴尬，忙说："你要多少就拿多少去，过去的事别再去想它了。我们还是和以前一样好，只希望你好好地过日子就是了。"

花花泡水情难舍

瞻仰　搜集整理

王永、黄贵、林生、赵新四人是非常好的朋友。

有一年,青黄不接的季节,王永的父亲突然暴病去世。从此,他不得不为生计四处奔波。一日王永想到林生、赵新两位朋友比较富裕,就准备到他们家去借一点钱粮度饥荒。

一清早他就开始上路,走了大约一个钟头,来到了和他一样贫困交加的朋友黄贵家里,黄贵端来凳子让王永坐,然后送来一杯漂浮着朵朵雪白小花的开水,遗憾地说:"唉,老庚苦得不行了,连茶叶都没有,让你吃这花花泡水。"

"这有什么,我们两人一样苦",王永快活地回答。聊了片刻,黄贵问王永:"老庚,你准备到什么地方去?"

"我想去林生和赵新家借一点钱粮度饥荒。""看能不能帮我也借点?"黄贵对王永说。

王永一口应允,告别黄贵值到中午时分,赶到林生家里。林生对老庚的到来非常高兴也显得非常热情。吃午饭时,林生惋惜地说:"真可惜,你来得不是时候,我想到塘里摸两条鱼来吃,可听人说午时莫下池。"

"我们有饭吃算可以了,还要什么菜?"王永不露声色地回答。

吃过中午饭,王永就对林生说明来意。林生一副遗憾相,说自己本来有钱,昨天刚被人借走了。

王永只好向他告别,又向赵新家走去。

黄昏时才来到赵新家里。赵新也不失老庚的热情,晚饭时,赵新也抱歉地说:"老庚,我家冇什么菜,本想杀只鸡给老庚调调口味,但人家说黄昏莫杀鸡。"

王永又不露声色地回答："有饭吃就可以了。"

第二天，王永临走时对赵新说明来意。也被赵新婉言谢绝了。

光阴似箭，不觉过了一年。王永由于他父亲是一个教书先生，加上他自己的刻苦努力竟考中了进士，官封知府，他开始走向富裕。然而他的贫苦老庚黄贵还仍然像以往一样贫困。听到王永做官的消息，十分欣喜。为了度过饥荒，他准备向王永借钱。

朋友相见分外高兴，王永挽留黄贵在自己衙门玩了大约半月之久，款待得十分周到，有一天黄贵突然提出要回家，王永再三挽留，黄贵执意要回。王永就对黄贵说："如果你执意要回，也得到明天，我两袖清风，有办法帮你，让我把东街移了给你回家。"

黄贵只得应允，第二天知府借故下令东街所有客商限明日内全部搬迁。这事客商们是不可能做到的，于是他们就送银子等礼物要求宽容。王永就把那些银子打发黄贵回家。

林生、赵新听到这个消息，也相约来到衙门，王永不失礼节，和黄贵一样接待他们。第二天他俩要回家，也向王永借银子。王永回答说："前几天都移东街打发黄贵回家了，确实手头没有积累。"

林生、黄贵他们都说："能不能再移一次东街呢？"

王永婉转地回答："午时莫下池，黄昏不杀鸡，花花泡水情难舍，哪有东街移两移。"

于是，林生和赵新失望而归。

古风吹来的记忆——遂川民间故事
GuFeng ChuiLaiDe JiYI

社会故事

谎狗儿
当铺老板苦演"柜中缘"
呸啾
伍财主重奖吉利言
妙语戏双愚
师徒算命
巧媳妇智斗刁佬
放牛郎奇遇良缘
哑谜征婚
衙前名称的由来
乾隆暖洞房
兴宝中状元
村嫂巧难小篾匠
才女救夫
三同年
张哑亏智戏县太爷
聪明的老二兄弟
兄弟谋财
自食恶果
以老换青
黄巢与葛藤
圣贤愁
点心
用罾捕鱼的来历
拦鱼坝
遭屎壳郎死

谎狗儿

罗秋敏　搜集整理

从前，我们村上有个爱撒谎的伢崽，名字就叫"谎狗儿"。可是，当时村里没有人不喜欢他，谁都说他的谎撒得好。这不是怪吗？撒谎还招人叫好！

据说这谎狗儿原来只叫狗儿。是个聪明、伶俐的伢崽，自小没爹没娘，十岁起就在一个财主家当童工，狗儿变成了谎狗儿，与这财主有关。财主外号铜钱眼，除了爱钱如命，贪婪成性，对待下人还心狠手辣，又凶又苛刻。他见狗儿小，干不了重活，生怕白吃了他两顿粥饭，这年冬就买了一百只鸭子，叫狗儿放鸭。每天天蒙蒙儿亮，铜钱眼就催狗儿把鸭群撵进山坑，不到天黑不准回来，中午就让狗儿饿肚子。这天狗儿实在饿得慌了，半下午就把鸭子撵回来了。铜钱眼一见就骂："狗崽子，谁叫你回来的？"随手捞起根木棍就要打。狗儿忙说："别打呀！我是看见山坑里火烧死一塘大鲤儿，没人晓得，回来告诉你去捡哩。"铜钱眼一听乐了，火烧死一塘鱼没人晓得，这个便宜还不捡？他不骂了，一边吩咐狗儿："快到厨房喝粥去，不许告诉别人！"一边就喊拢几个长工，抬上鱼篓背上罾，赶进山坑去抢火烧鲤儿。当然，一个个都空着手儿回来了。也怪铜钱眼太贪心，一时利迷心窍，也不想想火怎么能烧到水里鱼呢。结果，狗儿挨了一顿毒打，但肚子总算撑饱了。挨饿比挨打还难受哩。铜钱眼去捡火烧鱼，这个笑话一传开，狗儿就被人叫成谎狗儿了。

第二年夏天，铜钱眼买了十口小猪，又叫谎狗儿到山窝里放猪去。还是照旧，早出晚归，中午挨饿。这天，一口小猪从一个石嘴子上摔下去，死了。谎狗儿正饿得肠子咕噜响，一见小猪摔死了，心里想：反正回去要挨打啦，不如把小猪烤来先吃一顿，打死了也做个饱鬼儿。而且，在铜钱眼家做了五年童工，还没吃过一顿肉哩。于是狗儿捡块锋利的石片当刀，把小猪剥洗干净，去了头尾，又用白石子敲出火烧了个火堆，把小猪烤得香喷喷的，美美地享受了一顿。吃完了，这才发愁回去怎么交差？突然，他拾起地上那个猪尾巴看了看，心中有了主意。

晚上，铜钱眼发现谎狗儿放的小猪少了一只，立刻拧住谎狗儿的耳朵骂："还有一只呢？不找回来我要了你小命！""在山上哩。小猪儿自己钻进个石罅里，出不来。"铜钱眼一听说小猪还在，马上打起火把，让谎狗儿带进山窝去找。"在哪？""这，不是么？嗳，这小猪越钻越进啦，你看只剩条尾巴哩。"铜钱眼打着火把过来一照，那块石壁罅里真露出个小猪尾巴。火光一闪一闪的，映得猪尾巴影影绰绰，还真像在抖抖地摆动呢。铜钱眼心里一急，火把交给谎狗儿，双手捏住猪尾巴往外狠命一揪，噌的一声响，铜钱眼跌了个仰面朝天。谎狗儿随手拾起块大石头往石壁下一口野塘里摔去，喊："糟啦！小猪儿掼下塘去啦！"铜钱眼已跌得头昏眼花，真以为自己用力太狠，小猪儿尾巴揪断，滚下了野塘。野塘可深，又是黑夜，铜钱眼要财更要命，不敢下去，只给了谎狗儿一顿耳刮子："给我滚回去！"

铜钱眼有个胖乎乎的老婆，人叫铜钱嘴。铜钱嘴比丈夫更精明厉害。她看了看铜钱眼拿回来的小猪尾巴，嗤地笑了："你老猫还上耗子当哩。扯下的尾巴带肉来，割下的尾巴齐骨断呢。"铜钱眼一想果然不错，恨得牙齿格崩响，这顿打，差点送谎狗儿上了西天。谎狗儿恨死了铜钱嘴，咬着牙发誓："你等着，我给你快活的！"

那天晚上，谎狗儿提桶水在门口洗澡，用一块树皮子往身上咯吱咯吱直擦，只见嘟嘟的泛泡儿，阵阵的喷芳香。铜钱嘴在一旁盯着，十分稀奇，忙问："你这是嘛格东西？""香粉树皮哩。用它洗澡越洗越白净，还能治痱子解腋儿臭。"铜钱嘴也听人讲过，山里有种香粉树，用那树皮泡水，女人搽在头上滑溜溜、香扑扑，头发像缎子般闪光。可是，真不晓得还能用它洗澡。铜钱嘴身体肥胖，这热天正长了一身大痱，而且又天生有狐臭毛病呢。于是，铜钱嘴忙吩咐谎狗儿："明天也给我弄一块，要大点！""这东西珍贵，难找啦？""难找也得找，你怕老爷的棍子就不怕奶奶我的锥子？"

第二天，谎狗儿当然给铜钱嘴找了那么一块"山珍"儿，而且挺大。铜钱嘴乐了，当晚洗澡时就学着谎狗儿的样子，脱光了衣服咯吱咯吱满身擦。这一擦可真要命啦，铜钱嘴一个晚上没法睡了，浑身奇痒难忍，痒得她差点要往河里跳！原来，谎狗儿自己擦的是香粉树皮子，给铜钱嘴用的是荷树皮子。铜钱嘴门不出，户不出，哪里懂得？这荷树皮子最会蜇人，哪怕你手儿沾上点毛儿，也会叫你痒个三天五夜，还发一身脓疱疮。现在铜钱嘴这么一擦，还不叫她喊天！铜钱眼见老婆这一晚睡下跳起，抓床打席，忙问她什么事？铜钱嘴开始不好意思讲出来，后来痒急了，才把原因告诉了铜钱眼，铜钱眼一听火冒三丈，一跳八尺高："狗崽子！不搞死他必为后患！"

睡在猪圈边的谎狗儿，也晓得这回铜钱眼不会饶过他，决定三更夜静就逃出去。没想到铜钱眼恶人先下手，抢先赶到把谎狗儿抓下了。第二天，铜钱眼把谎狗儿带到村口河沿。那儿左边是大路，右边是深不见底的河潭，潭边有一棵歪脖子大樟树。铜钱眼把谎狗儿绑在那歪脖子树上。"你等着！什么时候这歪脖子树直了，河潭见了底，我来放你！"铜钱眼走了。谎狗儿在树上叫苦："狠心的铜钱眼想治死我啦！"

铜钱眼有个岳父，家财比铜钱眼还多，人称老财鬼。老财鬼有财无福，天生一个大驼背，而且越老越驼，睡在床上，两头不沾席，一个活元宝。说也巧，今天老财鬼肩上背个钱褡子，正来女婿家做客，走到村口，见这河边歪脖子树上绑着个人，心里奇怪，就问："你这小东西，谁把你绑在树上呀？""我……"谎狗儿说到半句就咽住了。老财鬼不认识他，他可认得这个常到女婿家串门的老财鬼。他大眼睛眨两眨，心里一激灵，便装出一副挺自在的样子说："嗨！你胡子老长啦，连驼背树上治驼背也不懂么？我因为驼背，才贴在这驼背树上治哩！""哎咦，这树还能治驼背？""咋不能？只是许多人不懂哩。"

老财鬼正为驼背受够了罪,现在还能不试一试?"小哥,你下来,让我也治治。""不行,我还没治好哩!"老财鬼从背褡里掏出两块银元,敲得叮当响。"我给你这个,让我先治,你再治也不迟。"谎狗儿这才答应。于是老财鬼解下了谎狗儿,又叫谎狗儿把他绑在树上。"老头儿,我凉快去哩!"谎狗儿从地上捡起那个钱褡子,跑了。老财鬼晓得上当了,在歪脖子树上干瞪眼。

半夜里,铜钱眼提张锋利的斧子,摸黑来到歪脖子树下,张嘴就骂:"狗崽子,今晚上我叫你见龙王爷去!"唿唿的就是朝树下几斧头。老财鬼听出是女婿的声音,忙尖声喊:"别砍!别砍!我是你丈人爹!""好哇,狗崽子!死到临头还要撒谎!"老财鬼越叫,铜钱眼砍得越狠。哗啦啦一声响,老财鬼和歪脖子树一齐倒下了河潭。铜钱眼还恶狠狠地指着河潭骂:"看你狗崽子还充不充当丈人爹!"

过了两天,铜钱眼正站在家门口摇扇子,突然看见一个伢崽穿得簇新的绸褂裤,挑两口大皮箱向自己走过来。铜钱眼定睛一看,正是谎狗儿,吓得他慌忙往后退。"你,你,你没去见龙王爷?""见啦,不见龙王爷我还有这个穿戴?这份财礼?我今天是特地多谢您老来啦!"铜钱眼见谎狗儿衣衫光鲜,皮箱沉沉,不信也得信。于是他立刻满脸堆下笑来,招呼谎狗儿进屋,忙不迭斟茶递烟。谎狗儿大刺刺坐在扶手椅上,茶来张口,烟来伸手,一副见过大世面上过大台盘的成人派头。铜钱眼一看这架势,更相信谎狗儿会过了龙王爷,于是赔着笑脸问:"龙王爷富贵不富贵?水晶宫里好玩不好玩?""嗨!花花儿世界,咋不好玩?什么东西都有,只没有火点烟儿。""那不要紧,带个火镰子去嘛!你讨回什么值钱的东西吗?""那个什么宫的东西可多啦,金光闪闪的。可惜我不识得,这回只向龙王爷讨了两皮箱银元。"铜钱眼听得入了迷,咕嘟一声咽下口唾沫。"你,你带我去见见龙王爷吧?""那可不成。这么个好去处,我哪能让别人去捡好处?"铜钱眼肚里骂了句:"你这狗崽子,真可恶!"但脸上仍赔上眯眯的笑。"我说哇,你带我去了有好处。你不是不识那些宝贝吗?我可都晓得,什么翡翠烟嘴、玛瑙酒杯、千年珊瑚架……哪一种我都识货。你带了我去,我指一件,你向龙王爷讨一件。回来二一添作五,我们对半分了,两人都有好处吵！"谎狗儿还磨蹭了半天，才松口答应。"好，今晚我带你去，只带一回，下回可不行！"铜钱眼见谎狗儿答应了，立刻欢天喜地，忙叫铜钱嘴摆席招待贵客。铜钱嘴因那天擦了荷树皮，如今一身还在痒，恨死了谎狗儿。可是一听说他能带丈夫去见龙王爷，取得回无价珍宝，又变了个心眼。她整治出美酒佳肴，让他们两个吃饱喝足，好去见龙王爷。若不是一身痒，她也想去哩。

吃过饭，谎狗儿叫铜钱眼找来两口大瓦缸，两根粗木棒，派人送到了河边。天擦黑，谎狗儿和铜钱眼来到河边，把大瓦缸推下河，一人坐上一只，摇摇晃晃向下游漂去。铜钱眼不放心地问谎狗儿："这样能见到龙王爷？""谁说不能？龙王爷告诉我诀儿哩！""什么诀儿？""说出来你可不能告诉别人。"铜钱眼忙赌咒发誓。谎狗儿这才告诉他："诀儿只两句，唱一句就用木棒敲一下缸沿，叫虾兵蟹将听见了好去报信儿。最后那一棒要用力，敲得越响龙王爷越会快点打开大门来接。不过，这后面那一棒你别敲，让我先敲，记住没有？"铜钱眼笑着连连点头，心里却在打鬼主意。

两只大瓦缸漂到深潭边了，谎狗儿就"当"地一下敲响缸沿，唱了起来。铜钱眼真不赖，谎狗儿唱一句他紧跟一句。

——当！缸当轿呀河当床！

——当！缸当轿呀河当床！

——当！请虾兵蟹将带我见龙王！

——当！请虾兵蟹将……

后边一句，铜钱眼只唱到一半便不唱了，心想：谎狗儿说后边这一棒要让他先敲，里面一定有鬼，肯定谁先敲谁就能先见到龙王爷，后敲的也许没份儿……于是铜钱眼又来了个恶人先下手，挥起粗木棒朝自己坐着的瓦缸狠命敲了一棒。"哗啷"一声大响，瓦缸破成两片，铜钱眼还没喊出救命，就沉入深深的河潭！

谎狗儿当然不想去见龙王爷。他也不愁，虽然两口大皮箱里都是石头，但他腰间那个褡裢里可是那个"丈人爹"的真货哩！

当铺老板苦演"柜中缘"

张炳玉　搜集整理

　　且说从前某地有一个当铺老板,他天性好色。偏巧他铺子对面有一个夫妻小店,卖日用杂货、豆豉酱油等。店里那老板娘生得俏丽,做生意又和气,整天一副笑脸,十分动人。当铺老板早就对她垂涎,天天坐在铺子里用眼睛盯住她,有时还故意走过去说些淫言秽语调戏,那女人只是不理。

　　当铺老板后来想了个歪主意:一天他假装好心地找那女人丈夫说:"我们是邻居,你为人老实,我看你那小店买卖不算兴旺,我愿借几百两银钱给你到外面去跑江湖做大生意,这钱不算利息,等赚了银子再归还。"那老实人千恩万谢,果真向他借了三百两纹银,打了张欠条为据。

　　小店那男人带着银子到外面做生意去了,当铺老板便趁机日夜缠他妻子,甚至厚着脸皮动手动脚。那女人一向守贞操,特别讨厌这老淫棍,有一次缠火了她,便喊叫起来了,吓得他再不敢来。他没有达到目的便恼羞成怒,追人家还债,还昧着良心把那欠条上的"三"字改为"五"字,说欠了他五百两银钱。那女人的丈夫气得去告官,谁知那知县和当铺老板是共鼻孔出气的,竟不问青红皂白打了他一顿板子,判这欠条有效,五百两银子要立即归还。

　　这时已将近年关,一时无处筹办这么多银两,即使卖了店房也不够偿债,夫妻俩被逼得走投无路。结果,老板娘子想出了法子,和丈夫仔细商议了一番。

　　一天吃过早饭,她丈夫打了个包袱出门去了,说是向朋友亲戚借钱还债,当铺老板见他走了,心里又死灰复燃起来,他见那女人偶然看了他一眼,满以为这回她一定有意了,到晚上趁她店里还没闩上门便摸了进去。这时那女人正在灯下打鞋底,他嬉皮笑脸地走前去挨身坐下。那女人说:"大老板,你也太狠心了,我家只欠了你三百两银子,你怎么竟改成五百两了呢?你害得我们好苦啊!"听她含怒带羞地说了这番话,那当铺老板全身像没了骨头,斜着眼儿说道:"只要小娘子答应我,这五百两银子就这样算了……"说毕正要胡来,忽然那店门砰砰地几声响,那女人的丈夫大叫开门,当铺老板慌了,一时找不到地方躲藏,急得团团转,那女人也故作慌张地把旁边一个大木柜打开,他只好爬了进去。柜盖合上后,他听见咔嚓一声上了锁,心里才觉得踏实点。

他清清楚楚地听见她丈夫进店,听见她两夫妻说话。她丈夫还一屁股坐在木柜面上,一边用脚敲着柜身一边对他妻子说:"这回去借钱一个也没借上,真倒霉。可恨这天杀的当铺老板竟做出这种断子绝孙的事。"

他缩在柜子里不敢动弹,后来尿急了,憋不住,湿了一裤裆。这时他又听见她丈夫说:"唉!没法子,只好变卖家产了。我想明天把这木柜搬到对面当铺里去当些银子抵债……"妻说:"这旧木柜能当几个钱?"她丈夫又说:"看货论价,公平交易,谅他们也不敢少算!"他在柜子里听这番话暗自高兴想明天他们把我连柜子抬到铺子里就平安无事了。

他们夫妻谈了一会儿话就安歇去了。他只好将就一点,蜷曲着身子胡乱睡了一觉。

一宿无话,第二天早晨那男人说:"我们把柜子搬过对面去吧。"他妻子走上前去,两人一抬沉甸甸的,她丈夫说:"这鬼东西真重,算了,等我把它滚过去。"当铺老板急得想喊,冷不防"崩"的一声,柜子翻倒在地,碰得他眼冒金星。他在里面像冬瓜一样随柜子滚动着,不断地翻着筋斗,脑袋不知碰了几个包,痛得他要命,但又不得不咬住牙关,不敢喊娘。

柜子滚到了他那当铺门口，那女人的丈夫喊道："喂！当铺先生，我这个柜子当给你要不要？"铺子里老半天出来一个人说："这柜子值什么？要几钱银子！""五百两，我这个柜子用了好几代了，是一个传家宝哩！""你简直在发疯，这旧柜子能当五百两银子？我看五钱都多了。""不值就算了，我把它滚到河里去，要这五钱银子有个屁用！"那男人说完就把柜子狠狠地踢了一脚。当铺老板在里面吓得魂飞魄散，全身打哆嗦。这时幸好那女人在一旁对她丈夫说："你急什么，我们回去吃了饭再说，万一他们不要，搬回去还可以装点破烂东西。"

夫妻俩走开了，当铺老板急忙悄悄地喊话，铺子里那先生听出是老板的声音，但不知他在哪里，半天才听清楚是在柜子里面说话，心想老板怎么跑这里面去了？"我在柜子里面呢，你们快把锁砸开放我出来！"不料这时对面那男人又打着响声走过来了。当铺老板急得没法只好尖着嗓子喊："给他五百两！""啊，对了，你听你们老板在房间里睡着都喊值五百两，他才真识货哩！"那当铺先生苦笑着说："五百两就五百两吧，反正老板会认账。"说完正要叫人抬进去，那男人抢前一步说："等我来。"柜子又翻了好几个筋斗，里面那"冬瓜"又跟着滚动了一番。

那夫妻把债还了，依然做他们的小生意，他妻子依然满面笑容地招呼顾客。

当铺老板吃了大亏，头上碰成了重伤，一连在床上睡了好几个月。后来有人写了一副对联悄悄地贴在当铺门口，说的是"方棺装活人，宝物当银五百两；箱中打筋斗，老板苦演柜中缘。"横批是"险些送命"。

呸 啾

蓝万根　搜集整理　口述人：赖和兰

平常我们乡下人碰到什么晦气的事，都喜欢顺口说一句："呸啾！"或者小孩子不小心跌了跤的时候，看管孩子的母亲或婆婆就会马上跑过去扶起来，拉拉孩子的耳朵说："呸啾——，记得记得，不怕，不怕！"这样说了表示孩子就不会受惊吓。意思是借"呸啾"的光，驱赶邪气。据说，说到呸啾，鬼就会怕……

话说阎罗王命令牛头、夜叉二鬼头到凡间去捉一个年纪最老的人，连姓名和地址都没有说清楚，要他们自己寻找。

牛头、夜叉来到凡间搜查，一查就查到一个彭子。彭子高龄八百八。二鬼头一见彭子，就把枷锁一亮，说："对不起，请你跟我们去见阎王爷！"彭子一惊，问："有阎王爷的批文吗？"二鬼头回答说："没有公文，阎王爷只说把凡间最老的人带去见他。"彭子高兴地说："啊，要最老的？哈哈，我才八百八十岁，不算老，不算老。还有比我老得多的，让他们先去吧！"二鬼头又问："还有更老的？"彭子答："有，张果老，两万七千岁。""噢，介就恭喜你格命大，算哩，捉张果老去！"二鬼头尴尬地说。

结果，牛头、夜叉也没有捉张果老，因为张果老告诉他们：还有一个呸啾，已经三万岁了。

二鬼头要去捉的那个呸啾，晓得阴阳八卦，能掐会算。这天他屈指一算，叫声不好。对他老婆说："我今天有灾难不过还不当死，只要你帮忙，就能避过此难。"老婆子说："我们夫妻一世，恩重如山，怎么能不帮您呢？"呸啾说："好，等下牛头、夜叉来了，你就说我不在家。"说完便溜出后门，藏了起来。

　　这时，牛头和夜叉已经来到门口，大声喝道："是呕啾的家吗？"老太婆连忙开门。"二位是何方贵客呀？""我们是从地狱来的，要捉呕啾去见阎罗王！"老太婆把二鬼头让进屋，唠唠叨叨地说："啊？那当然，'阎王注定三更死，断不留人到五更'嘛。只是人不在家呀？"二鬼头问："到哪里去了？什么时候回来？"老太婆回答说："不晓得。男人的事我们女人不好管。"二鬼头正欲搜查，只见呕啾汗流浃背、风尘仆仆地回来了。看上去不但走了很远的路，而且走得很急，连气都喘不匀。牛头、夜叉马上拿出枷锁说："你就是呕啾吧？阎罗王叫你去一下。"呕啾一点都不惊慌，豪爽地说："呵——，二位来了？好，即使二位不来，我也正要到地狱去一趟！"二鬼头听了，莫名其妙："你——？"呕啾接着说："我刚从天上回来，玉皇大帝的殿宇倒了一个楼角，要我去修缮。现在各种材料都已齐备，只差一万张鬼皮！"说完"嗖"地从怀里抽出一把尖刀，对准牛头、夜叉说："对不起！你们二位来得正好，我先剥下你们这两张皮来再说！"二鬼头见了大惊失色，一阵风似地逃回地狱去了。

伍财主重奖吉利言

方世宏　搜集整理　讲述人：方普深

一百多年前，遂川县高坪山区的牛岑村有一个姓伍的财主，名连英。此人做事喜欢测兆应，即人无意中说出的吉利语言。有一年他家兴建一座新房子，此屋做九井十八厅，计划用银万两。自从启工之日起，老财主伍连英就对做工的泥匠、木匠、石匠和几百名帮工讲定：要用三百两白花银奖励说出最吉利语言的人。师傅匠人，民工们整天绞尽脑汁想出各种吉利语言，找机会说给东家听。有的说："人财两盛福寿比天高，人财比地厚"等等，可是无论大家说了多少好语言，都没使东家高兴的，直到新屋即将建成，还是没有人领到奖银。一天，工匠们把捆好红布的栋梁抬至正厅中央直放着，等待吉利时辰鸣爆上梁。这时，伍东家的丫鬟名叫珍香，挑着水桶从东屋横跨正厅走向西屋。她走到栋梁边时，提脚从栋梁上跨越过去。当时，众人见这个女子如此不懂事，竟敢跨越东家的栋梁，都认为她污秽了这座宏伟的新屋，众人一致责怪她。可是这个丫鬟见众人如此轻视妇女，心中很气愤，她想谁不是从娘肚子里生下的？于是她不服气地说："你们别轻看女子，做官做府的都是从这里出的。"她的话被东家伍财主听到后，立即大声说："此言说得好，快拿赏银来。"随即一百五十两白花银将给了丫鬟，并在向丫鬟发奖之时，即刻鸣爆上栋梁。

后来，众人还说了许多好话，直到东家的新屋快完工。全面开始钉椽子时，伍东家的一个长工名叫李大毛，他在正厅后用锤子打钉子，由于钉子太长，他用力猛钉，一不小心将左手拇指重重敲了一锤，痛得钻心。李大毛大骂一句："棺材钉！"不妨，这句话被伍财主听见了，他在大厅里大声说:"这话是谁说的?快来讲清楚!"众人听到东家追查,吓得心惊肉跳,不敢承认,都不作声。伍财主要大家立即到正厅来把话讲清。来到正厅后,在众人指责下,李大毛只得承认是自己发牢骚讲错了话,并跪在财主面前求饶,伍财主将大毛扶起,面对众人说:"做屋求的就是'官'、'财'、'丁'三项,今天被大毛说对了。应当得赏银。"说后,把一百五十两白花银奖给了李大毛。李大毛做长工二十五年没有摆脱贫困,想不到一句牢骚话发了如此大财,伍财主做屋重奖吉利言的故事一直代代相传,传到至今。

妙语戏双愚

张炳玉　搜集整理

从前有个财主，既势利又愚昧。有一年他请了个先生到他家教他的子弟们读书。他一心想把先生的教书工钱赖掉，竟附庸风雅地声称要出对子考先生，说如果答不出他的对子就要把全部工钱扣掉。那先生觉得并不难，便一口答应了下来。

看看快到年终，有一天财主家的猪闯进菜园，财主连忙追赶，并且触景生情地想出了一联自认为很妙的对子。他马上把先生请来，一见面他就嚷道："园中猪吃菜"，请对。那先生不费思考地徐徐答道："山上鹿衔花！"财主却大不以为然地说："园中猪在吃菜了，这是十万火急的大事，怎能丢下不管，去谈什么鹿衔花呢？不通。"竟以没有答好对子为理由把教书先生辞退，教书钱一个不给。先生气愤极了，但又无法与他讲理，只好拂袖而去。

先生回到家里后，便把这件事告诉给他弟弟，他弟弟愤愤地说："明年我到他家去，管叫他吃点苦头，还要奉双倍的教书钱给我。"

他哥哥劝他说：

"不必去找这种麻烦。你虽然也有点文墨，可是他蛮不讲理，跟他缠不清！"

弟弟笑了笑说："我自有办法。"

第二年开春，弟弟辞别哥哥，径直到那财主家去。他见了财主，郑重地说明他是经别人推荐特意上门教书的。财主摇了摇头说：

"你年纪轻轻，肚子里未必有货，并且我家的书一般人也教不了。"

问他什么原因，他说：

"我请先生有个规矩,我要随时出对考先生,如果答不出就休想得教书的工钱。"先生的弟弟说:"这完全可以。"

财主听他说得这样干脆、心里有点不相信,想先试一试他的才学,于是便将从前那联对子来考他。他念道:"园中猪吃菜,请对。"那先生的弟弟微微一笑答道:"快把棍来追。如何?"财主听了大喜,认为这才对到了点子上,便答应请他教书。财主这时才客气地问道:

"刚才竟忘了问先生贵姓了!"

"我姓韩。"

"去年也请了个姓韩的先生,是个混蛋。你倒有点真才实学哩!"财主口上虽这么说,心里却盘算要怎样设法刁难他,到时候让他空手而回。

这天财主办了酒席款待他,席间彼此扯了些家常。酒过三巡,韩"先生"便说:

"东家,你的规矩我依了,但我也有言在先,为了把你的公子教好,平时请不要任何人打扰学堂,如有人冒失打扰,我就马上告辞,并且你要付双倍的教书钱给我。"财主认为这条件并不苛刻,便满口应承。

一切谈妥,择了个吉日开学,因韩先生的弟弟在家时会织草鞋,开学那天,他便向人家借了个织草鞋的架子放在课堂里,然后把大门闩上,一边织草鞋一边大声地对学生说:

"夫子曰'温故而知新'你们把从前读过的文章只管温习,不得顽皮偷懒,谁要不听,当心我的板子!"

学生们不敢违命,只好整天温习旧课,个个读得颈冒青筋,偶尔想歇会儿,无奈他那草鞋槌忽然敲得震天价响,吓得他们又赶快提高嗓门没爹没娘地苦读。

这样过了一段时间,有一天财主家来了个亲戚,据说此人肚子里也有点墨水,他那村子里算他能念几句之乎者也,只是"怀才不遇",没人请他教书。他对财主说:

"听说府上来了位先生,我想拜见拜见。"财主忙说:

"千万不可,因为他曾有言在先,如果有谁打扰了他,他马上就会辞馆,并且要我付双倍工钱。"

"你哪里知道,我们读书人是斯文一派,以文会友,哪有不高兴的道理?你放心好了。"财主听他说得颇有道理,况且自己还没有想出什么妙对,正好借此机会考一考先生,如果难倒了先生,教书的工钱就可以不给了。想到这里他便附在亲戚耳边如此这般地叮嘱了一番,那位亲戚信心十足地拍胸脯说:

"谅他也是平平之辈,凭我这肚才和齿舌定要把他难倒。"说罢便兴冲冲地到学堂去了。

那韩先生正在聚精会神地织着草鞋,忽听得有人敲门,他先装作没听见,过一会又敲得砰砰响。他恼火了,便高声问道:

"门外击鼓者何人也?"

外面那人答道:"曰,古之贤人也!"

他听了心里暗道:这家伙好大的口气,待我捉弄捉弄他。这时他望着面前这丁字形的草鞋架上六个小木柱儿便灵机一动大声道:

"请问,丁字头上加六点,是什么字?"

对方半晌答不上话,他心里暗笑。忽又想起家里那十二齿的大铁耙和六个齿的草耙,以及筑田塍用的四齿铁鎝,便接着问道。

"上古文十二篇,中古文六篇,小古文四篇,是何人所作,每篇何名?"门外又许久没有回声。他轻手轻脚地走到门边,往门缝里一看,但见那人在门外急得踱来踱去,抓耳挠腮,头上直冒汗。他乘兴又想起了一个"典故",记得从家里来时,看见路上有头母猪带着九只小猪崽在水塘边觅食,当时有个猪崽掉到塘里去了,是他救了上来,想起这件事他又高声问道:"猪(朱)夫子生有九子,一子落水,何人搭救呀?"门外那人被问得更加摸不着头脑,天知道这事出自何典!他狼狈不堪,自讨了场没趣,寻思此地不可久留,便一溜烟跑了。

第二天,那韩先生把行装收拾好,来到财主家里理直气壮地说:

"对不起,东家,我现在告辞了。请拿过两年的教书工钱来!"财主无奈,只得忍痛付钱。这时他心里恨透了那个背时的亲戚,并发誓再也不请先生教书了。

师徒算命

蓝万桂　搜集整理　讲述人：林长旺

从前，某地方有一个后生不务正业，想学算命挣钱，于是拜一个算命先生为师，言定三年学会。不觉过去了两载，他只是为师傅挎挎行李，并未学到半点功夫，心里有点不自在。

有一天，师傅把他叫到身边，交给他一副算命的行头说："你拜我为师已满两年，还有一年就要满师了，但毕竟还没有单独实践过。为师也想让你掌握点真功夫了，现在你先独自去见识一番，一来实践一下所学的功夫，二来领略一下世态人情。如遇有疑难之事，可回来叫我。"后生只得依师傅之言出门而去。

徒弟一路给人算命，只知对着卦书照本宣科，人家听了都不满意，以至生意清淡，弄得连盘缠都没有了。一日时近黄昏，他正一边行走，一边思量找个投宿之处。忽见前方不远处有一家乡村小店，便快步行至门前高声喊道："请贺喜哟，老板。"店老板以为有人住店，连忙拱手笑脸相迎，说声："客官请进。"徒弟刚踏进门槛，老板便打量了他一番，问道："客官何处来？干什么贵艺？"徒弟答道："我只会看相、卜卦、算八字。"随即又接口说："老板，我在你这里住宿一晚，与你算个命抵账如何？"老板不高兴地说："我的苦命算与不算一个样，没那份闲心机，请你到别处去吧。"徒弟无可奈何："那你知道这一带有谁要算八字的吗？"老板思索了一会，指着门外说："此去有一个山坳，坳后有一口大鱼塘，塘边的屋里有一个老太婆平生好算八字，以往只要有算命的来，她就要算一次。你不妨到她那里走一趟试试。"

徒弟按照老板指点的方向找到了那栋房屋。这时天已将黑了，他一边喊"请贺喜"一边走进屋里。屋里人听见前面有人来，连忙出来招呼："这么晚了,是哪位客人呀?"徒弟仔细一看,果然是个老婆婆。忙说："老人家,我是算命卜卦的,天色晚了,想到你家借住一宿。"

老太婆听说是算命先生,心里暗喜,热情地说："喔,是算命先生,请坐,请坐。"说罢心里暗想道："我平生不知算了多少次八字,每次都不太准,说法又不一,今晚不妨请这个先生算一算,试试他的功夫。"

"先生,请你给我算张八字好吗?"徒弟连忙答应,并请老太婆把生辰时日报来。老太婆说："且慢,我算八字有个规矩,你若敢依我就算你有真功夫。"徒弟听老太婆这样说,只得硬着头皮答应道："好吧,你且说来听听。"老太婆说："如果算得对,拿钱三块六,招待不消说,猪肝鱼子腊狗肉。""没有算对呢?""行头请进人请出。"徒弟听了此言,举目看了看门外,只见漆黑一团,心想:这里前不近村,后不着店,我人生地疏,除了在这里住宿,再投何处?只得骑驴看唱本走着瞧了。

于是,徒弟答应了老太婆的条件。老太婆便古里古怪地报出了生辰时间:"我生于'菩萨上座年','金钩挽水'月,'双刀切肉'日。"说到这里却突然停住了。徒弟忙问:"什么时辰?"老太婆笑了笑说:"不便相告。"徒弟听了不禁目瞪口呆,弄不清是什么名堂,半天说不出话来。老太婆问:"先生,我这八字如何啊?"徒弟只好胡乱答应着说:"唉,你这八字好古怪,待我晚上查查书再告诉你吧!"老太婆狡黠地笑笑,便安排徒弟住下了。

第二天一早,老太婆又问八字之事,徒弟不好意思地说:"实在对不起,您这八字我算不出来。"老太婆立即把脸一沉说:"我有言在先,这行头可要留下,日后再来取吧。"徒弟无话可说,只得两手空空灰溜溜地走了。

徒弟回到师傅家里,将老太婆的话向师傅学说了一番,他师傅听了也觉得十分古怪,一时解答不出来,只得跟着徒弟到老太婆家里去。

师徒二人来到客店,老板问起给老太婆算命的事,徒弟欲言又止地不知如何回答,在一旁的老板娘却一脸不屑的神气说:"那老婆子三天前被牛斗了一角,跌下塘里淹得半死,要不是被救了起来,早就死了,还有什么命算。"师傅连忙趁机问道:"啊?那老婆子多大年纪啦?"老板娘回答说:"今年六十六岁了,属丁未的,九月初八那天她还做了生日呢。"师傅大喜,立即起身告辞而去。

二人来到老太婆门前高声喊道:"看相,卜卦,算八字啰——"

老太婆走到门口一看,原来是上次那个算命的徒弟又来了,便不搭理。徒弟忙上前赔着笑脸说:"老人家,我今天请我师傅给你算命来了。"老太婆说:"不管师傅徒弟,有本事就依我的规矩,没本事就请走。"师傅接口说:"老人家,就依你的规矩。你的出生年黄是——"

"菩萨上座。"

"'菩萨上座'?啊,是丁未年生。月呢?"

"金钩挽水。"

"唔,是九月。什么日子?"

"双刀倒挂。"

"唔,定是初八日。时辰呢?"

"不便相告。"

师傅问到这里略为停顿一下,暗自思量:时辰只有按十二地支推算,她说不便相告,肯定是个不太好的字眼。顿时他恍然大悟,不便相告之事——丑事也,肯定是丑时无疑。

"哦,老人家,你莫不是丑时出生的呀?"

老太婆听了立时眉开眼笑地招呼他们师徒俩进屋喝茶。那师傅也十分得意,故意装模作样地皱眉捻指,口中喃喃,过了一会便发话道:"请问老人家,你要断从前的事,还是断以后的事呢?"老太婆说:"我先问过去,再问将来。""是问久远之事,还是问最近之事呢?""不管近时还是久远,算对了就行。先说说最近之事吧。"师傅双手作拱说:"老人家莫怪,若问最近事,须先依我言,要是冇算对,不赎行头不要钱,若是断对了,徒弟行头要交还。你生于丁未年,与本年相冲,丁未渺茫茫,牛牯斗下塘,不是遇贵人,三日之前见阎王。已经过了这一难,三年之内无灾殃。"

老太婆听了这些断语,心中着实佩服。心想这位算命先生算得真灵验,我一生算了不知多少次八字,还冇遇到过断得这么准的。她满脸堆笑,马上吩咐家里人准备酒肉款待,谢金加倍,并立即交还徒弟的行头。

师徒二人酒醉饭饱,忍笑拜谢而去。

巧媳妇智斗刁佬

刘礼柱　搜集整理

从前，刁佬和蠢佬结拜为同年老庚。蠢佬呆头呆脑，却娶了个如花似玉的巧媳妇，刁佬刁钻古怪，反而娶了个丑老婆。因此，刁佬千方百计想把蠢佬的老婆弄到手，可总是找不着好机会。

有一天，刁佬和蠢佬合伙外出做生意。路上，刁佬念念不忘蠢佬那个如花似玉的老婆，他眉头一皱计上心来，便对蠢佬说："今天我们为了图个吉利，忌讲'冇'字，要是我讲了'冇'字，我的老婆就归你，要是你讲了'冇'字，你的老婆就归我。"蠢佬不知刁佬心怀恶意，便满口赞成，和刁佬打了赌。

走了一段路，刁佬和蠢佬聊起天来。刁佬说："某地有一座庙，庙内有一面鼓，初一擂一下，便可响到十五。"

"冇这样大的鼓。"蠢佬冲口而出。

"对不起，同年哥，你的老婆归我了。"刁佬得意地说道。

蠢佬听罢，愣了半天才回过神来，气得捶胸跺脚，但又无可奈何，"君子一言，驷马难追。"只得哑巴吃亏——默认了。

做完生意，蠢佬回到家里愁眉苦脸，闷闷不乐。聪明的妻子一看就知道蠢佬心里有事，便追问他一番，蠢佬只好向妻子说出了打赌之事，并告诉她说："明天一早同年哥就会来迎亲。"妻子气得直骂蠢佬无能，但事已如此骂也无用，她略一思索便对蠢佬说道："你莫气，我自有办法对付。"

第二天一早，巧媳妇吩咐蠢佬躲起来，自己守在屋门前，边干活边等候迎亲队伍。不一会儿，唢呐声由远而近，刁佬走在迎亲队伍的前头，老远便打招呼："同年嫂，同年哥在家吗？"

"哎呀，同年哥，别提了，昨夜忘记了关牛栏门，牛走过岭背一伸头就吃掉了人家一十八丘田的禾……"

"冇这样大的牛！"刁佬不等巧媳妇讲完便抢着说道。

"是啊，同年哥，冇这样大的牛，哪儿有那样大的鼓呢？"

刁佬一听，待了半天才回过神来，忙掉转头领着迎亲队伍灰溜溜地回去了。

放牛郎奇遇良缘

何斌　搜集整理

从前，龙泉某地有个财主，生得二男一女，家里十分富足，每年都要请很多的人到家里做事。这年初，他又请来了一位教师。他对教师说："如果你今年能使我两个儿子都中秀才，我就把我女儿嫁给你，并且给你三间房子。"教师想，若学生聪明，我诚心地教，这事也不算难。过了几天财主又请来了一位长工，又对长工说："你若能在我田里一年打到两年粮，我送你三间房子，并把闺女嫁给你。"长工听了此话心想：只要我深耕细作多放些肥料，这事也不难。后来财主又请来了一个放牛的，也对放牛的许了同样的愿，条件是那头老母牛一年能生两只小牛崽。放牛郎想，牛放多少崽我有什么办法呢？这与我是无缘了。但他还是抱着一线希望，勤勤恳恳地放牛。那教书的和种田的就更是信心十足地卖力了。

到了年末，教书先生真的使二位少爷中考了。种田的，也真的做到了增产一倍；那放牛郎因在山上捡到一只小牛，他放养的老母牛刚好又生下一只小牛，也达到了"一年二崽"的要求。

这下可闷坏了财主，整整三天卧床不起，粒米不进。小姐走到床前探望父亲，财主便把年初起愿之事说了一遍。聪明的小姐说："这无妨，我自有主意，"于是小姐便把自己的办法告诉了父亲。第二天，财主便把他们三人叫到后花园。财主说："年初我许了愿，如今你等都已做到，但我唯有一女，怎能配得三郎？现有一个办法，由我家小姐出题。你们试中者与小姐结婚。"小姐道："你们各作一绝句，要按顺序提到'一点红''弯如弓''颠倒挂''乱蓬蓬'。"教书先生抢先道："日落西方一点红,娥眉月子弯如弓,天上七星颠倒挂,风吹乌云乱蓬蓬。"小姐听后摇摇头。长工接着道:"春日桃花一点红,桃压树枝弯如弓,树上桃子颠倒挂,桃叶生得乱蓬蓬。"小姐听了又是摇头。放牛郎道:"小姐嘴唇一点红,眉毛生得弯如弓,耳上金环颠倒挂,罗裙遮身乱蓬蓬。"这下把小姐逗乐了,说是放牛郎作得好,而那教书先生和长工却说不算。要求重新出题。小姐说:"这可以,我先走一刻,你们三人按我所走的路线追来,谁追到我谁就算赢了。"于是小姐走后一刻钟,他们便奋力去追。没走多远,放牛郎跌了一跤,把脚扭伤了,便一拐一跳地远远落在后面,边走边说:"一拐一跳,婚姻就到。"藏在路边的小姐听了忍不住"扑哧"一笑,牛郎就上前抓住了她。于是放牛郎就与财主的女儿结了婚。

哑谜征婚

周濂　搜集整理

　　明末清初，某地有个才女名叫阿丽，容貌出众。很多公子王孙都到她家求亲，并愿意赠送贵重的彩礼，但阿丽都没有答应。

　　阿丽选对象的标准确实很严：要求对方不光年轻漂亮、健壮，而且要有文才。她的择偶条件是谁能对上三条哑谜对子，就嫁给谁。

　　这消息传开后，有不少后生上门应试求婚。阿丽她，对谁都一样地热情接待：先给求婚者端碗猪骨汤；再带至后花园小溪旁，撒一撮粗沙，最后一同到金鱼池看看，就把求婚者带回客厅，打开文房四宝，让破谜应对。结果，一个个后生仔被弄得丈二和尚——摸不着头脑，只好扫兴而归。

　　过了一些天，有个眉清目秀，身高体壮的书生——阿美，进京赴考，得知此消息，便专程登门求见阿丽小姐。阿丽满脸春风，端出猪骨汤来，阿美双手接过，略加思索便说："猪骨滚汤甜又烫，豆油熬粥白粘黄。"阿丽心里一乐，又领阿美到后花园的小溪旁，抓一把粗沙往清澈的急水里撒去，阿美甜甜地看一眼阿丽，笑着念道："急水推沙粗在后，风车扬谷秕飞先"；阿丽听罢又莞尔一笑。阿丽引阿美来到花园的金鱼池旁，含春地问阿美："相公，这迷人的情景，你看美吗？"阿美点点头，情真意切地答道："水碧鱼跃鱼嬉水，花香蝶迷蝶恋花。"

　　三条谜语对子都对上了，一朵红晕顿时浮上阿丽脸颊，她春风笑意移动莲步，高兴地把阿美带回客厅，唤丫鬟奉上香茗糕点，热情款待，俩人侃侃而谈，情切切，意绵绵，心难舍，身难离……

　　后来，自然是阿美赴考，小姐鼓励，才郎淑女，结成一对。

"衙前"名称的由来

彭义福　搜集整理　讲述者：张进步　彭金发

　　衙前乡圩镇，旧时不叫衙前街。那时，街民当中有半数以上是姓彭的，人称"彭半街"。当地街民多半从事制糖业，所以又称"糖坊街"。

　　据传，到了光绪年间，来了一个姓王的司官到"彭半街"来主政执事，王司官一到，就在"彭半街"的西北头筑起了一座办事的衙府，王司官听到百姓们叫"彭半街""糖坊街"，觉得很逆耳。

　　有一天，他和一群衙役出来散心，王司官在衙门口站定，观看了片刻，便手指街道，对身边的人说："这分明是我的衙门前头的一条街呢！嗯？我看应该叫它'衙前街'才对！""对，对对对。"衙役们紧声附和。

　　此后，经过衙役们的一番吹捧和强制，"衙前"这个地名就被当地百姓叫开了，流传至今。

乾隆暖洞房

黄献华 搜集整理

在清朝乾隆年间，某地有个老财主，大张旗鼓筹备为儿讨老婆，老财主找到平日交情深厚的地理风水师张先生，要择一个良辰吉日成婚。张先生翻开通书，选了个×月×日×时成婚时辰。财主为了求个稳妥，不至有误，拿着这份日子帖，另找个李姓地理先生核对复查是否有错，这个地理先生看后大惊不已。"不可取，不可取。"接着又说："这个日子，时辰犯天煞，必有大灾临头，不是新郎新娘双双夭亡，就是其中要夭亡一个。"老财主听后大怒，即找自己知心朋友张先生说："亏我们是知心朋友，你反而害我，拣这个犯天煞的日子时辰。"张先生听后大笑不止："误解，误解，你是找哪个地理先生核对的？"老财主说："是西村李地理先生算的。"张先生立即就去找西村李地理先生辩论，两个地理先生公说公有理，婆说婆有理，闹得满村风雨，成了村头村尾谈话资料。有一天，正巧乾隆游江南来到这个地方，听说了这回事，故不作声色，访问明白。到了财主儿子结婚那天，他就扮着客人也前去贺喜吃喜酒。吃后，又要求在东道家留宿，老财主碍他是个外客，欣然答应。晚饭后，乾隆主要闹洞房，东道家也就请些人陪着他，制办酒菜在洞房中吃饮。乾隆主坐在窗子下，划拳饮酒行令好不热闹。到了三更时分，突然狂风大作，飞沙走石。房顶上沙沙的响声，吓得一些人惊慌失色。这时乾隆主用手拍打窗门叫道："是何妖孽作怪，胆大包天。"说毕，狂风平息，安然无事。乾隆主说："好了，祝贺新郎新娘百年偕老。"就起身去休息。第二天乾隆天子走后，张地理先生说："怎样？昨天的日子虽然有犯天煞，但有帝王星光临，有瑞气盈门之吉兆，要你老财主才有这种福气撞大运，刚才那位客人就是当今天子乾隆主。"大家听后皆大欢喜，此后风行暖洞房或称闹洞房。

兴宝中状元

蓝万根　搜集整理　口述人：蓝名逢

从前，某村有个兴（读音：醒）宝，光棍一条，家贫如洗，靠打短工糊口。虽说他没有进过学堂门，斗大的字认不了两担，但他性格开朗，天资聪明，山歌俚语记得滚瓜烂熟，还经常装模作样地做些打油诗充文气，插科打诨说大话更是他的拿手好戏。所以，人们也喜欢和他调笑。

一天，隔壁村里的两个秀才进京赴考，看见兴宝在懒洋洋地莳田，便打趣话说："兴宝，你还在'四脚爬泥背朝天'地帮别人家莳田？苦哉！快同我们进京赴考去吧，一旦新科得中，包你享不尽的荣华富贵，何受这般苦也？"兴宝也毫不示弱地回答说："唉，想是想去哇，可惜缺少盘缠。不要等我，你们先走吧！"两位阔秀才很大方地说："冇关系，冇关系，只要你会去，盘缠我们包了！"

这个兴宝是个无牵无挂的人，只要有口饭吃，什么都会干。如今有这样的美事，还不乐个快活？连脚上的泥巴都没有洗干净便跟着上路了。

那两个秀才也乐得有了一个寻开心的"书友"做伴。一路上说说笑笑、嘻嘻哈哈，不知不觉便走了五、六天的路程了。这天，他们来到一个大户人家的花园旁边，看见一个如花似玉的小姐在观看两个女仆锄草。那两个秀才，原本都是喜欢拈花惹草的轻佻公子。见那女子漂亮，便挑唆兴宝说："兴宝，人家都说你的嘴巴子蛮来得，耳听为虚，眼见为实！看看你有没有本事能勾动那位小姐的情丝？"兴宝即兴创作的功夫确实不浅，他随口便津津乐道地唱开了："三位嫂嫂，园中铲草，左右两个配我书友，中间的妹仔归我兴宝。"

这下可把那小姐气坏了，喝令家丁把兴宝五花大绑地捆起来丢在马棚里，两位秀才却逃之夭夭了。

晚饭后，老夫人才想起马棚里还关着一个人没有吃饭，便点着油灯去看看。兴宝若无其事地在稻草堆里呼呼地睡着了。只见他长得方脸肥耳，眉宇清秀，脑门上现出一条五爪金龙，毫光灿烂。老夫人不禁心中大喜，急忙把兴宝叫醒，请进厅堂，匆忙设宴款待。

吃完饭，老夫人对兴宝说同意把女儿许配给他，不过要等兴宝金榜题名之后方可完婚。兴宝十分高兴地叩谢了岳母大人说："中考倒是不难，只是我的盘缠衣物均在书箱内，已被两位书友带走了，这可如何是好？""你尽管放心，盘缠、衣物、马匹我这里都有，早点歇息吧，明日一早好赶路程。"

第二天吃过早饭，夫人便命丫鬟请小姐出来送行。那位小姐苦于满腹经纶无处用，得知母亲已将自己终身许配兴宝，便想助他一臂之力。她刚好走到厅堂，看到一只大公鸡扑向脸盆啄食，发出"嗵——"的一声响。她脱口说了一句："凤啄金盆嘴撞钟。"兴宝以为要他和诗作对，便低下头搜肠刮肚："凤啄……金盆……嘴撞钟？"忽然，他眼睛一亮："兴宝莳田手插秧。"小姐听了摇摇头，一笑了之，不小心把头上的钗凤摇得掉落下来，小姐捡起钗凤看了一会儿说："银打钗、钗托凤、凤插头，头摇凤舞。"说完，对兴宝嫣然一笑，转身回绣楼去了。

兴宝换上新装，骑着快马，一路上哼着山歌小调，游游荡荡，好不快乐。不几日便来到京城，找到那两位"书友"在同一间伙店住下。三个人都没有心思温习经书，整天就是吃喝、闲逛、睡懒觉。到了开考那天，那两个"书友"一大清早便溜到考场去了。兴宝一觉醒来睁眼一看，日头已经升起丈多高了。他打了个呵欠，伸了伸懒腰："好觉、好觉。"怎么？两位"书友"都不在房里？突然，他想起今天是开考日期，叫声"不好"，便匆忙穿衣，径直往考场奔去。

兴宝来到考场，大门已经关闭，几个侍卫手执关刀，威风凛凛地分立两旁。兴宝不顾一切地冲上去擂门，大声喊道："快快开门，直今科状元乃我兴宝也！"门官见此书生来势不善，出言不逊，连忙报奏进去。万岁闻言，觉得奇怪，破例钦命"门外狂徒进见殿试"。

兴宝不懂参见礼节，进殿后只顾东张西望地口呼万岁，直至太监喝令时才跪下。万岁说:"汝口口声声自称是今科状元,朕且先试你一试:'马过竹桥蹄擂鼓'。"兴宝不假思索地回答:"凤啄金盆嘴撞钟。"万岁点头称是。又曰:"纱织布、布绣龙、龙缠身、身行龙动。"这下可把兴宝难住了,他非常紧张地思考着。忽然,他看见宫女头上的金钗,才急忙答曰:"银打钗、钗托凤、凤插头、头摇凤舞。"万岁听罢,龙颜大喜,钦封兴宝为新科状元。

兴宝五体投地地伏在地上谢圣恩,全身都在发抖。他简直不敢相信这是事实,以为是在梦中,嘴里也像说梦话似的自言自语:"喜报!喜报!喜报应该送给夫人……"

村嫂巧难小篾匠

李昭华　搜集整理

　　某地有个很聪明的大嫂，一位小篾匠想试试她的本领。一天绝早他就去敲她的大门。那大嫂子问道："谁呀？这么早喊门。"

　　"我哩，捉青竹蛇剥皮的。"门外的人这样回答着。

　　"噢，是篾匠师傅啊。"那大嫂边说边把门打开。

　　"你早啊，小师傅。"大嫂子热情地招呼他。

　　早饭后，她对小篾匠说："小师傅，竹子在大厅里，请你给我做几件家用物件吧。"

　　"大嫂你要做些什么呢？"小篾匠问道。

　　"我要做的东西有七八样。"那大嫂含笑说道："一角笋朝天，二角笋朝地，四角笋子做一对，打打紧、不打紧、千支篾丝不出头，噼呖啪啦收工后，再做一个半夜贼偷牛。"说完便转身走了。

　　"糟糕，她倒在为难我了。"小篾匠心中暗暗叫苦。唉，怎么办呢？都怪自己惹事，再去问她吗，不好意思，走吧，又失面子，实在是进退两难。思来想去，还是不走为好。先破好篾再说。

　　析沙、析沙……小篾匠用锯子把竹子截了下来。他先取长不取短。从早到晚破了一大堆长篾，但一直想不出大嫂子要做的是一些什么东西。天晚了，妇人出来叫他收工吃饭，顺便看他做了些什么。一看，心里暗自好笑。

　　"大嫂，今晚我得回去，有几样工具忘记了带来呢？"小篾匠想借机回去向师傅求教了。大嫂子只好点头答应。

　　小篾匠回到师傅家中，哭丧着脸说："师傅，今天够气人的。谁知那大嫂古怪得很,我问她要做些什么东西,可她说的竟是一些听不懂的名堂。"

"哦,我知道了。"师傅磕了磕烟斗说,"准是你这有上年纪的人嘴坏……嗯,她怎么说的呀?"

小篾匠便把经过如此这般地告诉了师傅。他师傅笑着嘱咐他如何应付。

第二天大早,小篾匠高高兴兴地回到了大嫂子家里。他不露声色地依师傅叮嘱取篾,开始制作物件。

在饭桌上,小篾匠想借机报复那大嫂子,便把从师傅那里学来的话向她问道:"大嫂不瞒你说,你煮的菜是好,可我总不爱吃。"

"请问小师傅,你喜欢吃什么菜呢?"大嫂子笑着问道。

"我喜欢吃的菜是:白皮黄心菜,乌皮白心菜,有节空心菜,无节空心菜,倒吊莲花菜,水中无根菜,风里飘来菜,四季作料菜,十中缺一菜,不知有没有?"

大嫂子听了,爽朗地回答说:"有,全都有,我随时可以煮出来。"早饭时,她便端出了鸡蛋、山芋、笋干、茄子、鱼、乌肉六碗大葱辣椒韭菜作香料,小篾匠一看,十分惊讶佩服。

几天后,小篾匠已经做好了:犀斗、角箕、角箩、米筛、簸箕、线帚、赶鸡伞、大壁箕一共八样新灿灿的篾器交给大嫂子。

大嫂子看了点头笑道:"小师傅不错。你的师傅真不愧是聪明的老篾匠哩!"说得小篾匠面红耳赤,不好意思。

才女救夫

赖增芬　搜集整理

　　清朝嘉庆年间，有个县官叫严不实。他名为"父母官"，但办案都是不问有理无理，眼睛只盯着个"钱"字，不知造成多少冤案，屈杀几多无辜平民，是个不管百姓死活的贪官。

　　一天，合家村财主张罗发家的一头耕牛被盗，派人四下寻找，毫无着落。弱者头上起祸端，张财主竟昧着良心，想诬赖与他素有宿怨的隔壁邻居刘忠怀偷了他的牛，当即写了状子告进衙门，并暗暗地塞了一百块银元给严不实。

　　张财主舍得花银子屈告刘忠怀，不只是泄私愤，还别有用心，他对刘家一块"风水地"早就垂涎已久，这次想借机弄到手。

　　那严知县得了贿银，心里暗喜，便不问情由，立即派差役拘捕刘忠怀，把他屈打成招，投入牢中。

　　那刘妻谢文英，人极聪明，才华出众，出口成章。她见丈夫无辜被诬，不禁愤怒。她直奔衙门，见了严不实责问道：

　　"我夫，人穷志不穷，岂是偷牛之徒，你怎能仅凭一面之词，无赃无证，胡乱断案？"

　　"你们是隔壁邻居，张家的牛不是你夫偷了又是何人？"

　　"你无证无凭，信口雌黄，贪赃枉法，屈杀忠良，真是个无耻的贪官。"

　　严不实恼羞成怒，"啪"地拍了一下惊堂木：

　　"咄，大胆刁妇，竟敢咆哮公堂，辱骂本官，你有何理由证实你夫没有偷牛，若讲不出理由，打死你这刁妇。"

"我满怀愤慨，想以诗达意。"

严不实暗觉惊异，这刁妇竟会作诗？我倒要试试她：

"作诗也罢，快说来。"

"你就命题吧。"

"公堂门前，有梅一株，正在结蕊，公堂又称'琴堂'，本官案上置有'棋盘''墨砚''水盂'等物，要你以'梅花''琴堂''棋盘''墨砚''水盂'五物为题各题一诗，每首诗的末句字都要有个'牛'字。"

"好吧，你且听着：

梅花：玉骨冰肌孰与俦，点些颜色花枝头。牧童睡起朦胧眼，错认森林欲放牛。

琴堂：妾到琴堂不自由，县官还要细推求。当日公治非其罪，不盗羊兮焉盗牛。

棋盘：楚汉相争未肯休，纷纷车马下河洲。两边士卒安排定，只欠田单一火牛。

墨砚：本是深山岩石头，良工雕琢献公侯。轻轻泼下云烟墨，阵阵文光射斗牛。

水盂：一溪绿水绕渔洲，难洗红颜满面羞。自叹妾身非织女，郎君怎会是'牵牛'？"

严不实一听，惊得目瞪口呆，知道这女子才华赛须眉，不是好捏的软柿子，只得当堂把刘忠怀放了。

三同年

蓝万桂　搜集整理　讲述人：蓝传宝

从前，某地有三个人自幼结拜为同年。

由于各人家境不同，三同年成人后务业不一：一个读了几年书，成了私塾先生；一个学艺当了屠夫；还有一个是作田的穷苦人。

他们三同年虽然贫富不一，因是自幼相交倒也时常来往。尤其是教书先生和屠夫之间，来往更密，时常或是先生休学之后带些时鲜果品到屠夫住处品尝一番，或是屠夫宰杀之余提些酒肉到私塾家痛饮一顿。但他们每次打牙祭时那位穷同年都不请自来。因为他家境贫寒，经济拮据，吃了两位同年多次的酒饭菜，自己却一次也回敬不起。那二同年虽然外表上未露声色，假意热情，心里却非常不满。

有一天，屠夫又提了一方猪肉，数斤黄酒到私塾家来了。他进门看见只有先生一人，便放下东西，走近他身旁说："老庚，我们次次打牙祭那个穷鬼都来白吃，他却一次东也当不起。我早就想说说他，只是碍于旧交，难于撕破面皮，你觉得如何？"先生听到他这些言语，正中自己的心思。便叹了口气说："唉，有什么办法呢？我们是自幼相交，如果现在嫌他贫穷，不和他来往，他自不说什么，别人也会说我俩无仁无义呢！"屠夫听了此言，便知两人心思相同。又说："你是喝了墨水的人，能不能想个使他白吃不成，又不损情面的两全之计呢？"先生迟疑了一会，说："好哇，老庚，那就烦你边动手搞吃的，让我慢慢想一想，看能不能想个法子来。"

先生坐在灶前，右手托腮，闭目沉思起来。过了好一会，只见他两手一拍，站立起来，连声说："有了，有了。"屠夫忙问想出了什么好法子，先生便将嘴巴伸到屠夫耳边，压低声音，如此这般地将所想之计细说了一遍。屠夫听了连声叫"好"。先生又反复交代了屠夫几句什么，叫他定要记牢，待穷同年来到就依计行事。屠夫听了直点头。

就在他们凑近脑袋定计之时，穷同年又踏进门来了。只看见他们交头接耳，也不知什么名堂。

过了不久，肉熟酒热。三人围桌而坐。酒肉香味阵阵扑鼻。先生举筷正要夹肉，屠夫忙说："老庚慢点，先听我一言，往日吃东西坐下就动手，我觉得实在有味。今天吃酒，要搞点名堂助助兴才好。你俩意下如何？"穷同年不知是计，接口说："搞什么花草好？是扛石头①还是猜拳？"先生假装想了想说："依我之见，还是出个题来动动脑筋，谁先提通就先吃，提不通就不要吃。你们同不同意？"屠夫连忙搭腔："可以，可以。只是你多读了几句书，先出个题提通几句给我们听听，然后我们顺着你的韵脚随和几句好了。"先生又停了停，说："好，我看就每人说几句顺口溜，第一句要用上'圆圆'②'尖尖'；第二句要用上'万万''千千'；第三句是一个问句；第四句用'吾能''吾能'答第三句……"屠夫听到这里，就急不可耐地打断他的话，说："行，行。请你先提几句我们听听。"先生说："那我就献丑了。"便摇头晃脑地念：

"墨盘圆圆，毛笔尖尖，大字写了千千万，细字写了万万千。若问曾否写过错别字？吾能，吾能。"

说完便开始喝酒吃肉。屠夫把眼瞟了瞟一旁的穷同年，见他正在挠头抓腮，皱眉深思。心想：哈哈，这个穷鬼，今天一定吃不成了。想着便站起来得意地说：

"血盆圆圆，杀刀尖尖，大猪杀了千千万，细猪杀了万万千，若问曾遇过杀吾死？吾能，吾能。"

说完就大口大口地吃喝起来。这下轮到穷同年了，只见他不紧不慢地站起身来，带着内疚的口气说：

"饭碗圆圆，筷子尖尖，打斗戏③打了千千万，细斗戏打了万万千，若问曾否出过钱？吾能，吾能。"

二位同年原以为穷同年没有进过学堂门，出这个主意一定能难住他。这样既可使他吃不成，又不会显露出他们的小气。谁知他竟这样顺溜地提通了。只得假赔笑脸，劝酒劝肉，吃尽方休。

几天之后，先生又带些酒菜来到屠夫的住处。二人说起那天之事，很不服气。屠夫直怨先生办法不高明，便宜了穷鬼。并说："倘或等下他又会来，你要再想一个绝计来难倒他才好啊！"先生回答说："好办，好办。今天定叫他吃不成。"说着便把一大块猪肉切成三块，放进锅里，屠夫看了不解其意。先生便将用意和办法说了一遍，并叫屠夫一定依计而行，屠夫满口应许。

肉熟后，将三块猪肉装成一盘。刚端上桌，穷同年又适时来了。他们便邀他一同进餐，坐到桌前，屠夫又开言说："上次的搞法真味道，今天还要来提题再吃。只是我文墨不多，要求简一点才行。"他面向教书先生说："还是你先题吧！"先生略一思索后说：

"二八一十六，拿起筷子夹猪肉。"

接着就夹走了一块猪肉。屠夫听到先生话音刚落，就急忙接口说："二九一八，两块猪肉一起夹。"

说完便当真把两块猪肉夹走了，只剩下一个空盘子。

穷同年看到这种情形，才明白他们的用意。心想：原来是嫌我贫穷，欺侮我有钱啊！我原以为我们三人自幼结拜，心腹相交。谁知你们只知钱财不讲情义。既然这样，还跟你们有什么好交往？再想，我现在虽然穷苦，但也未见得一生世都这样。再说人穷志不穷嘛！想到这里，他"霍"地站了起来，用颤抖的声音说：

"三七二十一，吃哩屙赤痢。不记老相交，有钱冇义气。"

说完就头也不回地直向门外走去。

注释：①扛石头——即用碗盛满酒，带头人吃了几碗，大家都要吃几碗。

②吾能——客话"没有"的意思。

③打斗戏——客家指众人合伙出钱加餐。

张哑亏智戏县太爷

刘红梅　搜集整理

相传,古时候有个姓张名哑亏的人,他生来聪明灵敏,擅长读书,在地方上还小有名气。可是,在那昏暗的社会,有才无钱的人得不到录用。他连考几年仍是位落榜的穷秀才,只好在镇里教书谋生,这怀才不遇的张哑亏,自然也就常做出些戏弄官府的事来。

有一天,张哑亏正在茶馆品茶,忽听店伙计高声叫道:"县太爷到——"众人忙纷纷起身恭候,唯有张哑亏端坐不动,目不斜视,照样津津有味地品他的茶。县太爷看到张哑亏竟敢在大庭广众之下藐视自己,本想大发雷霆,耍耍威风。但转念一想,张哑亏也并不是那么好对付的,他虽是位穷酸秀才,可在镇上还是颇有名气,如果惹怒了他,群情激愤,可就更麻烦了。还是慢慢以软相缠,再想法降罪于他。县太爷这样想着,便忍气压火走进茶馆。

"哦,原来是张先生在此呀!"

"噢,是县太爷,失礼、失礼了!"张哑亏起身拱了拱手。

"嗳、嗳,不必客气,你我本是世交,难得今天有幸,倒不如今天在此喝个痛快,谅你不会推却吧!"

"既然县太你如此厚意,我张某也就奉陪了。"

于是店小二端上茶点,张哑亏和县太爷面对面落座后,便开始品起茶来。

因各怀心事,话不投机,两人只是默默地品着茶。有时只在两人眼光相碰后为避尴尬,偶尔说一两句不着边际的话。

忽然,县太爷看到张哑亏又密又黑的八字胡子甚为漂亮,眼睛一亮,顿生一个"非你现丑,即我得道"的主意。

"哎,张先生,你的胡子怎么长得这么好呀,又密又黑又齐,真能与潘安比美。你瞧我这胡子稀稀疏疏，拉拉杂杂，太难看了。"

张哑亏一愣，心想：他怎么忽然提这眉毛胡子的事呢？哼！肯定不怀好意，想借题发挥为难我。他眉头一皱，决定将计就计。

"唉，县太爷有所不知，我靠的是本家的家传秘方，使又黄又稀的胡子，变得这么齐整、墨黑。如果县太爷想要的话，此药我自用后还剩有一些，明天可派心腹来取。"

"好，好！那就多谢张先生了。"说完，县太爷就在一帮衙皂们的拥护下，告辞回府了。

第二天清早，张哑亏把一个装有黑漆的瓶子交给妻子："我要出去办点事，等下可能有人来取药，你就把这瓶子交给他。"说完就走了。

果然，刚吃完早饭，县太爷的人便到张家把"药"取了回去。县太爷满心欢喜，心想：硬的没治着你张哑亏，也叫你服服贴贴地为我办了一件事，就算消了消气吧。过会儿，我也能有又密又黑的好看的胡子了，全县人都夸我美，我要让大家都知道这药是你张哑亏孝敬我的。哈哈——

县太爷边想边把贡"药"染上胡须，不一会儿，他的胡子果真变得墨黑墨黑，却结成了一团，好硬好硬，用手一捋，痛得县太爷喊爹喊娘，吓得一班衙役不知如何是好。

正在这时，张哑亏也慌慌张张地跑来了，"县太爷，那瓶'药'还没用吧？用了？唉！这个混账的婆娘，这个药、漆不分的大笨蛋。"张哑亏上气不接下气地大骂妻子。"我……我去把那光会耍俏，可连药、漆都识不得的大笨蛋抓来吃官司。县太爷，您老人家快准备升堂。"张哑亏说完转身欲走。

"哎哟，不必啦，瞧我这模样，哪儿还能上公堂审案。哎哟——"张哑亏捂嘴暗暗偷笑，一会儿就溜了。

"老爷，我去请个郎中来吧？"一衙役惶惶恐恐地讨好道。

"混蛋，还不快叫剃头匠来。"县太爷号叫着。

一会儿，衙役们请来了剃头匠，帮县太爷剃掉了那僵硬僵硬、黏黏糊糊的胡须。县太爷痛心地摸着光溜溜的下巴直叹气。自言自语地重复着一句话"张哑亏呀张哑亏，我真是张嘴吃了你一个哑巴亏"。

县太爷在府上跺脚叹气，而张哑亏仍旧在茶馆里有滋有味地品茶，越品越开心。

聪明的老二兄弟

彭学标　搜集整理

从前，某村子有兄弟两人。

老大，为人老实，安守本分，很容易受人欺侮，老二虽然有所不同，但总的还是安分守己。

因为父母过世得早，留下兄弟二人，家里穷得简直无法形容。只得年年背着包裹行装给他人做工谋生。

一年，他们来到一个大财主家做长工。但是，刁滑的老财主，他只要兄弟老大一个人，叫老二另找东家。没办法，老二只得走了。

老二走后，财主给兄弟老大订了一个合同。他说："一年之中，长工要给东家办好三件事，办好了，拿双倍工钱，没办好，分文不给。"财主为了显示"仁义"，又说明了三件事可分为三次做完，四个月一次。

花灯过后，即是春忙。农夫们都赶着牲口扛着犁锄下地春耕了，眨眼又到下种时节了。兄弟老大的东家叫了他今天要挑大粪下田。并告诉他说："大粪撒到田里，则不知道它是什么性质，或碱，或淡。为了不浪费种子和耽误季节，你还是先尝一尝以后再下田。"老实巴结的长工想了，大粪怎么能用口尝呢？没办法，四个月的工钱即化为乌有了。

光阴似箭，日月如梭。转眼又是烈日炎炎的盛夏了。酷热的骄阳无情地暴晒着大地。山冈上，田垅间，草木干枯，泥土生烟。这时候的耕牛可吃不上青草啦。一天，东家又叫了长工说："长工师傅，你知道这句话吗？农家重活，耕牛在先，目前，牛吃不上青草，会饿死的。今天你就把牛赶到后山竹尾上去吃竹叶子，但是不能砍竹子。"兄弟老大根本没办法，那么，又扣了四个月的工钱。

春暖夏热，秋凉冬寒。不觉一年早过，北风呼呼，雪花飘飘，群山盖银絮，大地披素装。厚厚的积雪堵住了一切的道路。财主家那么多人吃饭，用水方面肯定是有困难的。这天东家又叫了兄弟老大，要他把屋后的那口井给搬回来。长工闻言，又无对策。结果，辛勤劳碌一年，到头并无半文钱。

豪富鸣鞭庆佳节，农夫拍手过旧年（拍手，空手的意思）。除夕夜了，长工老大生死活命向东家要工钱。可财主怎么说呢？他说："长工师傅你总不止做我一家的长工呐，走江湖的人是很懂理的嘛。你又曾见到哪个人在合同书上赖皮的呢？"老大毫无希望，只得两手空空，哭丧着脸回到家里。

好在老二挣了几个钱，将将就就，马马虎虎总算过了"年"。正月里，不消说他兄弟俩又要去找门路了。商量之后，兄弟俩决定对换一个地方。

兄弟老二准备了一番，带上包裹雨伞，来到了老大做过的地方。

馋吃狐狸不知足，悄悄钻进圈套中。那财主照例动了文笔，在合同书上由原先办好三件事拿双倍工钱，改为拿四倍；没办好的话，那就要多做两年。好吧，兄弟老二满口答应，双方画过押，等待生效就是了。

乍过元宵鞭炮响，又闻春种布谷声。说话间又是春风荡漾，百草生芽的时候了。如往年一样，东家对长工吩咐着："长工师傅，耕耘种植可不是小事啊，那下田的大粪你要先尝一尝以后再下田，嗯。"那好嘛。兄弟老二挑满一担大粪放大厅里，随即找来几口大碗，东一碗，西一碗，神龛上，灶台上，碗碗都装满了大粪。最后扛两碗到财主面前："呃，东家。这东西一个人是尝不定的，要么，就两人一起尝？"话未说完，碗已经拱到财主的鼻子下了。"算了，算了，这事办好了。"财主告饶似的认了输。合同书上已写"第一件事已办好。"

金蝉鸣翠谷，绿原变黄垅。盛夏到了，牛儿吃不上嫩草。于是，东家又叫兄弟老二把牛赶上后山竹尾上去吃竹叶子。这天，老二早把牛牢牢地拴在竹子上，等东家一来，他便抡起大棍，一边骂，一边欲打下去："发瘟格，你上去呀，你不上去的话，非但饿死你，连我都受罪了……""快别打了，快别打了，第二件事算办好了。"

转眼间，寒冬僵冻的时候又到了。兄弟老二按照东家的吩咐，找来一把"五尺"跑到井台上，上上下下，高高低低，都量了一下。回来便在大门框前后量来量去，随之，抡起大锄，正欲向大门挖去……"长工师傅，长工师……师，师傅，使不得啊使不得。第三件事我算输了。"财主杀猪般地嚎叫开了。

到了腊月二十四日过小年，财主无奈，只得按照合同赔给他兄弟俩两年工钱。

兄弟谋财

陈飞　搜集整理　讲述人：罗世梁

　　传说很久以前，一个村子里住着姓王的两兄弟。有一天，兄弟俩开荒挖土，发现一满缸埋在地下的银子，他们高兴得跳了起来，两人讲好二一添作五各得一半。可他们嘴上这样说，心里却各打各的算盘，都想独吞这缸银子。

　　"你在这里边挖土，我回去做饭送来，吃了饭我们好分银子。"弟弟对哥哥说。

　　弟弟走后，哥哥想出了独吞银子的办法，决定杀弟夺银。

　　弟弟提着饭篮来了，哥哥闪在他背后，随着锄头的起落，弟弟一声惨叫倒在地上，一命呜呼。

　　"哈哈，这缸银子全归我一个人得了。"

　　哥哥把弟弟的尸体塞进埋银子的坑洞里，用土盖好后，从饭篮里取出饭菜，狼吞虎咽地吃起来。刚吃完饭，他便觉得肚子痛，直痛得他在地上打滚，"哎哟，哎哟"地狂呼乱叫了一阵，也一命归天了。

　　哥哥做梦也没有想到，弟弟在饭菜里放了毒药，打算把哥哥毒死后独吞整缸银子。两兄弟各怀鬼胎，害人终害己，双双死于非命。

自食恶果

李昭华　搜集整理　　讲述人：彭含伟

从前某地方，有一个名叫胡天的后生子。他长得一表人才，非常聪明；但为人奸诈，心存歹念，终年东游西逛，不务正业。

一日，胡天来到一个寨子里。寨子边上有一块草地，一个牧童看守着一头肥嫩的黄牛，黄牛在草地上悠闲地啃着青草。胡天赶紧几步来到黄牛面前，双脚跪下，一把鼻涕一把泪："阿爸……你可不能再在这里了呀，儿今日里来接你回去了啊……啊啊……"胡天哭了许久，眼眶红了，嗓子也哑了，看样子十分酸楚。

牧童慌了神，拔起脚飞快地报告东家去了。

原来寨子里的这家财主，早几年收留了一个从外地逃荒来的穷人做长工。谁知那穷人来了之后，总是病魔缠身，难做几天好人。财主念他忠实，做事勤恳，借了钱给他治病。可是没过几年终因病重而死。借给他的钱就成了一笔不可归还的债。正好长工死去的那年，财主家新添了一头小黄牛。胡天了解到这些情况之后，便演出了一幕跪牛的把戏！东家跟着小牧童来到草地上，对胡天作了一番盘问，见胡天是个忠孝之子，当即把黄牛给了他。

胡天骗得了黄牛，心里痛快极了。他把黄牛牵到一个很远的地方高价卖了，置办了一些杂货什物，从此当起货郎来。

由于胡天的职业条件，他认识了很多城乡圩镇的商店老板。这天他来到一处名叫柳镇的地方做生意，正好镇上"四和堂"商店老板要辞退一个老店员。"四和堂"老板见胡天这人能打会算，有一套生意经，当下就议定了来年请胡天做店员的事宜。

春节过后，胡天就正式在四和堂店供职了。自这年以后，店中生意十分兴隆。因此，店老板对胡天百般信赖，胡天的主意，老板无一不从。

几年后的一天，胡天向老板提出某天要回家去筹办家父的寿辰大事，老板欣然应允，并赠送了很多礼品。在胡天上路的时候，老板还特意叮嘱他把父亲接来住一段时间。

胡天带上盘缠"回家"了。他游了好些地方，终于认了一个孤独老头作"父亲"。他把老头子打扮得焕然一新，老头子对胡天哪能不感激呢？就这样，他们一老一少就以父子相称，数日后一同回到四和堂店。

半月之后，胡天说是到外地去采购货物便打点行李出门了。待到夜深人静的时候，胡天突然窜回房间，将事先准备好的利器，狠毒地插进了那个可怜的"父亲"的胸膛……

数日后，胡天从"远道"回来。一进店门，只见店老板披麻戴孝，店堂里一派萧疏景象。老板泪眼婆娑地对胡天说："胡天，你令尊大人……不想……就……"

"啊！什么？我父……父亲？"胡天故作惊讶，说完就号天恸地地哭了起来。

"人，已经装殓了，现在就等你料理后事。"

"什么，装殓了？你们怎么不等我回来呢？他生是我父亲，死也是我父亲！也该让我最后见他一面。"胡天要揭棺盖，老板连忙相劝，但终因劝不住，只得罢了。

当胡天揭棺"发现"老头子的刀口时，立刻咆哮如雷。一手扯住老板的胸襟："好哇，你说，他是怎么死的？啊，快说呀！"当下，老板被吓得目瞪口呆，有口难辩。

一吵一闹，引来了很多街坊邻居，大家你一言我一语都无济于事，最后还是拖拖扯扯，扭到公堂里去了。

结果，店老板含冤入牢，四和堂店归胡天所有。

尽管胡天独占了商店，还觉得不满足，思来想去，又想出了一条不可告人的毒计。

镇上有一位秀才，这年娶了妻子，名曰秀英。成婚之后，秀才在外教书，很少在家。秀英姿色美丽，胡天一眼将她看上了。一天，胡天将一个来到店中做生意的老孀妇叫到内堂，许下银两布匹，收买了孀妇，然后二人如此这般合谋了一番。将一捆木鱼经书叫孀妇婆找机会放到秀英帐顶上去。

胡天的这一切交代，孀婆在秀才回来之前顺利地完成了。

当天晚上，秀才夫妇俩一上床，本来就恩恩爱爱，正想寻欢之时，忽见帐顶上鼓鼓突突的，伸手摸一下，觉得新奇，连忙取下……顿时，秀才恼羞成怒，一气之下将秀英拖下床，打得死去活来。

第二天，秀才出了八字，将秀英休了。

秀才休了妻子，胡天便立即前往劝慰。经过孀婆的说合，胡天便宜地得到一个漂亮的妻室。可是好景不长，同床共枕的时候，胡天对自己的幸运得意忘形，将过去的一切都告诉了知心贴体的妻子。好！秀英对这个新丈夫的话认真地听着，记下。第二天，偷偷来到衙门，将胡天的事实一一告发了，要求官府申冤。

告官之后，官府便将胡天捉拿起来，经过审讯核实，胡天罪孽确凿无疑。胡天被判处死刑，悬首示众，落得个害人终害己的下场！

以老换青

兰方兴　搜集整理　　讲述人：王贤贵

　　有一个县衙里捉到一个犯偷盗罪的青年，按他犯下的罪，经县官升堂审判，当即抄斩。斩令已下，县官问道："你在死前还有何话可说？"那青年答："我短命该死，但请清官开恩，让我能在死前再见家里老母一眼。"县官问左右当班："他家还有何人？"当班答："此贼家中只有老母一人。"县官想想，就答应满足这一要求，速即传来了那老婆子。

　　母子见面，那贼跪到母亲面前，痛悔莫及。要老母让他在临死前再吃一口奶，那就死到九泉之下也心甘了。

　　斩罪已定，老母哭天呼地也无法救儿子，为满足短命儿的要求，她就将干瘪的奶头塞进儿子口中。那晓这短命儿，狠狠一口将老母的奶头咬断，在场人个个目瞪口呆，致使顿足捶胸的老母痛得昏死过去。

　　县官将惊堂木一拍，大喊一声："你这贼人，为何这般无天理良心？"那青年答："报青天老爷，我犯死罪，都怪老母在我父去世，我还在吃奶时起，就不加管教，放我自由过头，做贼就从拿针起啊！"

　　县官点点头，转身看那老母，已被他儿子咬死，他随手拿起斩令，当即撕掉。吩咐左右："看这青年有悔改之心，本官改判他戴罪回家种田，改将这老婆子判以教唆罪并附文悬尸示众。"

　　这个故事就是人们常说的"以老换青"。

黄巢与葛藤

周濂　搜集整理

每年端午节,我们遂川县的客家人家家户户门框上都要挂些葛藤、菖蒲和大艾。挂这些东西有什么意义呢?

相传,在很久很久以前,黄巢兵乱,有个小坑子里面住着好些人家。一名避乱的中年妇女,背着一个年龄较大的小孩,又抱着一个中等年龄的小孩,手里还牵着一个年龄最小的孩子跟着走。哪晓得走在路上竟碰见了黄巢。

黄巢看见那妇女的做法也觉得奇怪,便问她:"那三个小孩是你什么人?"那妇女回答说:"背着那个是我的外甥,是个独子;抱着的是我的侄子,他没有父母;手牵的是我的亲生子。如果有兵追赶,我情愿甩掉自己的儿子,保护外甥和侄子……"

黄巢听了很受感动,便叫她把小孩带回家去,并叮嘱她在自己的门口挂根葛藤,黄巢的兵就不会进你的屋子。那善良的妇女听了以后,便把三个小孩带回家里。然后,把葛藤拦坑门一挂。真的,黄巢的兵,没有进坑,救了这一坑人。那天,正是五月初五端午节。后来,人们把这条坑叫作葛藤坑。每年到端午节家家户户都要挂葛藤,以示吉利和纪念。随着历史的发展,这一风俗习惯也越传越广泛,据说凡是沿袭这一风俗习惯的人,都是葛藤坑传出来的子孙……

圣贤愁

张炳玉　搜集整理

　　以前有个人，他平时很喜欢邀朋找友喝酒，但他十分小气，每次都是吃人家的，从来不掏腰包，吃完抹了抹嘴巴，拍拍屁股就走。时间一久，出了名，人们见了他都想躲开。无奈他死拉硬缠非要扯人家到酒楼吃一顿不可，吃完照样由别人付钱。他六十大寿那年，有几个人合送了一块匾给他，上面题"圣贤愁"三字，意思是说圣贤都怕他。

　　那年天上八仙中的铁拐李和吕洞宾下凡走到这一带地方，偶然发现了这块横匾，他们不知这三个字的含义，便向旁人打听。知道这原因以后，他们不禁气愤地说："哼，什么了不起的人，圣贤都愁他？我神仙就要治治他。"说罢就径直去拜访，并请他喝酒。三人来到酒楼下，那两个神仙便叫跑堂的取来空盘三个，好酒一壶。酒斟满后，那铁拐李便说："今天我们吃酒得定个规矩，每人必题诗一首，并要从身上割下一物下酒，违者罚他付酒钱。"那号称"圣贤愁"的人竟也完全答应，两位神仙建议就以"圣贤愁"三字为题。

　　铁拐李先题"聖"字，他说："耳口王，耳口王，壶中有酒我先尝，盘内无肴难下酒，割下耳朵尝一尝。"说罢便用宝剑把自己的耳朵割下，血淋淋地放在第一个空盘里。吕洞宾接着题"賢"字，他说："臣又贝，臣又贝，壶中有酒我先醉，盘内无肴难下酒，割下鼻子当佳味。"说罢也用宝剑把自己的鼻子割下放在第二个空盘里。轮到那个叫"圣贤愁"的人了，两位神仙盯着他，心想这番可要他的命了。谁知他竟不慌不忙，开口题那个"愁"字，他说："禾火心，禾火心，壶中有酒我先斟，盘内无肴难下酒，拔根眉毛表寸心。"说毕便轻轻地拔了根眉毛放在第三个空盘上。两个神仙目瞪口呆地望着他，他笑了笑说："若不是你两老，我连一毛都不会拔哩！"

　　铁拐李和吕洞宾两个神仙只得把酒钱付了，然后称赞他说："'圣贤愁'三字你当之无愧矣！"

点 心

蓝万根　搜集整理　　讲述人：郭伦云

　　人们请手艺人到家里来做事，在吃中午饭以前要弄一餐"点心"给匠人师傅吃，表示对工匠师傅的尊重，这是民间法定的风俗习惯。那么，这"点心"的名称是怎么来的呢？

　　相传从前有个木匠，手艺很精，身强体壮，活路做得又快又好，很受人们欢迎。但是，他的消化量很大，而且消化得快，吃得再饱也干不了两三个小时肚子就空了。东道主为了使他能多做活，很乐意多弄一餐饭给他吃。因此，这个木匠也慢慢地养成了多餐的习惯。

　　有一次，这个木匠碰到一个不晓得他有多餐习惯的东道主，他做了两个多时辰的工夫，还不见东道端吃的来，可他已经饿得肚子咕咕叫了，感到胃部空的一样。没办法，他就把斧头把子顶住胸口，才感到舒服了一点子。东道主听到厅堂里许久冇响动，便走出来看看。东道主问："师傅病了？我去请个郎中来。"木匠连忙拦住他说："冇关系，冇关系。我得的是'点心'病，老脾气了，天天到这个时辰就会发作，随便吃点东西，喝点开水就会好的。"东道主立即煮了"点心"。木匠吃了"点心"，胜过吃了灵丹妙药，马上又劲头十足地做起工夫来了。

　　从此，木匠要吃"点心"的名声就传开了。后来，人们出于对匠人的尊重，凡是请了匠人（包括一切手艺人），都要吃"点心"了。

用罾捕鱼的来历

蓝方兴　搜集整理

某村有一条清水河，河里有介鲤鱼潭，全村的人都在潭边担水吃。相传潭中有条鲤鱼，足足有九九八十一斤重，介条鱼，人们想尽了一切法子，都冇搞到手。

村里有介名叫胡三的青年，他聪明伶俐，智谋过人，他想啊想，忽然他记起儿时把蜘蛛网弄到一个圆形的篾圈上用来捉蜻蜓的事，一拍大脑，有门了。他就找来些麻线，仿照蜘蛛网的样子织了一张。

胡三拿上自己织的网，兴冲冲地将网放进鲤鱼潭中，不一会那条大鲤鱼进网了，其他的小鱼也进网了，胡三使足劲把网往上一提，大鲤鱼也使足劲往上一跳，溜回潭中没影了。其他的鱼也拼命往外跳，但怎么跳也跳不出去。胡三很可惜，到手的大鱼冇网到，他看着乱乓乱兵的小鱼，觉得网不住大的，网些小的也不错。

胡三用网搞鱼子的事，就一传十，十传百，不出三天全村沿河一路就传开了。

再说被胡三网过一回的大鲤鱼，可不凡，它原是东海龙王的老娘，因烦大海龙宫嘈杂，想找一安静地方修身养老，因此来到了清水河。自被胡三网了一回，受了惊吓，就闹了场大病。它病好后，眼看自己的子孙逐渐被人们用网捉去，心中非常不安，曾发动七七四十九次大水，都没有征服人们。它想啊想，想了八八六十四天，最后觉得这事只有求玉皇大帝帮忙。

龙母来到天庭，将事因向玉帝诉说，玉帝觉得事情蹊跷，连忙传旨：立即将第一个造网的胡三连人带网捉上天庭。玉帝看那网跟蜘蛛网一样,并叫胡三做了几个样子看,到底是怎样将鱼网住的,胡三一边做样子一边解说:"这网往上捞叫罾,往下罩叫网。"玉帝听了非常欢喜,连声道:"好,好,我的子民聪明能干。"对吓坏了的龙母说:"这网无底,罾无盖你的子孙活该给凡间人做菜。"

一场官司下来,龙母冇占上便宜,气得卧床不起,还不到一七就断气了。

用罾捕鱼并逐步发展到各种形态的网就一直沿袭了下来。

拦鱼坝

瞻仰　搜集整理　　讲述人：邹荣显

传说，在一百多年以前，西溪地界有一个名叫横岭下的地方，那里居住着一位姓黄的渔夫。他很喜欢吃鲜鱼，他家门前也恰好有一条河，农闲时节，他总要拿着渔网到河里去打鱼，他为了能在农忙的时候同样可以吃上鲜鱼，就想了一个办法：准备到离他家不远的地方石角头筑一条拦鱼坝，用竹梁装鱼。不但可以省时间，而且省力气。

这天，黄渔夫用商量的口气对妻子说："喂，我想在石角头筑一条拦鱼坝，中午不回来，你送饭可以吗？"

妻子是个贤惠的女人，当然满口应承。

这天他就独自一人，开始按他的计划筑坝了。

他搬来一块块石头，筑啊筑啊，总算筑起丈余长。突然"哗哗"一声响。他抬头一看，已筑好的五尺左右的坝子被湍急的河水冲垮……

这样，直到中午，黄渔夫确实觉得有一点乏了，就坐在岸边，等待他的妻子送饭来。

再说，他妻子送饭送到他筑坝不远的地方，遇见了一个童颜鹤发的白须老者，手执拐杖向渔夫的妻子走来。

渔夫的妻子看见老者，微微含笑，算做对老者的招呼。

白须老者看见渔夫的妻子笑了，就开口问道："老嫂子，你的饭给点我吃可以吗？"

"怎么不可以呢？老大人，你吃啊！"她说着真的把饭让给老者吃。

白须老者也不推让地接过。

吃罢饭，老者又对她说："老嫂，你家里的人不会骂你吗？"

"骂什么，老大人，我会回家再做过饭给他送去的。"说完，她就向老者告别，又回家给丈夫做饭去了。

渔夫的妻子第二次送饭来到丈夫身边的时候，她把刚才遇到老者的事情告诉了丈夫。渔夫不但没有责怪妻子的意思，还夸奖妻子做对了，应该尊重老人。

第二天，虽然筑坝没有一点成绩，黄渔夫并没有失去信心，又独自一人开始筑坝，他一次一次地更换比原来更大的石头，但仍会被河水冲垮。接连三天都没有一点成绩。第四天早上，黄渔夫又开始换更大的石头精心地修筑。

渔夫的妻子接连三天也同样遇见白须老者，同样发生了第一天的事情。

到了第四天中午，当渔夫的妻子含笑把饭让给老者吃了以后，老者便慢慢来到黄渔夫筑坝的河边，对黄渔夫说："你这种石头不必怎样去筑，只要随手丢去，保险不会被冲垮。"

黄渔夫没有半点怀疑，按照老者的说法去做，果然直至筑成也没有被水冲垮。

黄渔夫正要回头感谢老者的指点，老者突然不见了。

这条拦鱼坝就这样筑成了，历年的大水也没能冲走坝中的一块石头。

遭屎壳郎死

蓝方兴　搜集整理

　　从前有一个叫胡二的人，他很想知道自己到底会怎样死去，以便在临死之前有所准备。

　　他凡是听见有算命的先生进村，都得花个两三吊钱去请来算算。一个算命先生对他说："相公，莫怪，据我算啊，你将来要遭屎壳郎死。"

　　算命先生的话，子丑寅卯，不出一日就在全村传开了。

　　胡二心想，说我要遭屎壳郎死，哼，看谁斗过谁。从此，他只要看见了屎壳郎就非得将它踏死，踩成泥浆不可。

　　有一天，胡二去油茶山上斩山，肩上扛一把长把子大斩刀，走到一个十字路口，忽然发现一只屎壳郎在滚粪团，他自言自语起来："算命先生都说我要遭你死，哼，看谁斗过谁。"说完他就用斩刀柄头去捅屎壳郎，不巧刀口刚好对着自己的脖颈，刀把一拉，没捅死屎壳郎，反把自己的头砍落了地。

古风吹来的记忆——遂川民间故事
GuFeng ChuiLaiDe JiYI

趣联笑话

油坊趣对

龙泉轿对

鬼见怕

老虎唔怕就怕漏

命该吃粥

阿古上门

不宜动土

骑驴背米

贪官

俩妯娌比孝心

请客鸟

急性子

油盐辣椒姜

油坊趣对

陈飞　搜集整理　　讲述人：陈开树

很久很久以前，我们村的小河边上有一座很大的榨油坊。

传说在这座榨油坊即将落成的时候，东道主为了取个吉利，愿出重金索取对联一副。对联要求与油坊切题，不落俗套。

远近村里的秀才们知道后都忙着翻书，准备写一副好对联来炫耀一下自己的才学。可书本上根本就没有这样的对联，秀才们都被难住了。

一天，县令从此地路过，问明了原因，也捋着胡须踱着方步认真思考，却半天也道不出个子丑寅卯来。

这时，随着一阵响亮的山歌声，走来一个挑柴的老汉。他问清缘由，见县令如此为难，便放下柴担上前施礼道："非小人斗胆，愿为大人效劳。"

县令见他是个穷老汉，料他也无多大学问，就点了点头表示应允。

老汉拿起笔，龙飞凤舞，一副新联映入人们的眼目："脚踩金圈团团转，手挽玉树步步高。"

"写得好，写得妙！"人们发出一片赞叹声。

几百年来，这副对联一直在民间传颂，凡建榨油坊者，必用此对无疑。

龙泉轿对

钟云峰　搜集整理

据说，在古时龙泉县城（今遂川）有一个大财主为儿子举办婚事，当花轿抬到女方家接亲时，女方提出要提联作对，对上了方可让新娘上轿出亲，不然休想将亲接走。无奈，男方只好顺从。各方请出名人才子来提联作对，热闹非凡。在古代，迎亲轿对一般先由男方贴上联，女方贴下联。因为男方未按规矩先出上联，所以女方要求她家出上联，要男方家对下联。于是，女方家首先出了上联：

凤凰山高亦卧凤明朝凤舞凰山顶。

男方家后来也对出了下联：

龙泉江浅却藏龙今日龙飞泉江边。

于是，这副轿联便成了千古绝联，令人赞叹！

鬼见怕

黄献华　搜集整理　　讲述人：刘新生

从前，有个姓李的财主对家里的长工很刻薄。长工们都很气愤，总想找个什么机会教训教训他。

一天，那个财主摆宴祝寿，要派个长工去十里外的圩场采购酒菜。那位被指派去买酒菜的长工心里暗喜道：好，机会来了。

那个买酒菜的长工一大早就出了门，直等到日头落山，还不见人回来，把个老财主急得要命。待到天色将晚才见那长工气喘吁吁地跑回家来。

"东西都采买好了？"财主很急切地问。

"还买东西？"那长工上气不接下气地说："差点连我这条老命都赔上了。"

"怎么回事？"

"我碰到鬼了！就在那桥边。有好几个，都是些剁头鬼、吊颈鬼、落水鬼……"

"啊呀——"财主吓坏了。

"他们一个个龇牙咧嘴嗷嗷叫，逼着要我拿钱。天哪，吓得我汗毛直竖，头皮发麻。"

"钱呢？都给他们啦？"财主的眼珠子都要跌出来了。

"他们不敢要。"

"为什么？"

"我只说了一声：你们不要胡来，这钱是我家李大财主交给我采买酒菜的。话没说完，他们一个一个都吓跑了。"

"怎么啦？"

"老爷您的名声大，鬼都怕你呀！"

"啊——"

老虎唔怕就怕漏

邹源　搜集整理

我们遂川有句俗话,"老虎唔怕就怕漏。"到底什么意思呢?说起来还有一段蛮有味道的故事呢。

相传,很久以前某处山旮旯里有一幢茅草屋。屋里住着老两口。

有一天晚上,乌云密布电闪雷鸣,顷刻间大雨瓢泼而下。坐在床沿上的老婆子就担心地问:"老头子!不晓得牛栏门关好矣吗?咯格天时就怕有老虎下岭哦!"

正拿着一只木盆在接漏的老头子叹了一声说:"咯格鬼天气,老虎就唔怕,就是怕咯点漏。"

咯时候刚好有一只老虎来咬老头子家的牛,走到窗子下正好听到老头说咯句话,不禁吓了一跳。心想:在山里面就我为王,什么东西看到我都怕三分。难道咯只"漏"比我还要厉害?今夜晚不晓会不会碰到它?老虎一边想一边轻轻地向栏边靠近……

再说有个做贼的人,早探到老头子单家独屋,家里面养哩一只小黄牛,趁此夜黑雨大前来偷盗。他戴了个斗笠,披了件蓑衣,拿了根绳子,偷偷地溜到了牛栏边。伸手一摸,门冇关,心中大喜,一步窜了进去。他用手摸到只毛茸茸的头颈,不管三七二十一,拿绳子一吊牵起就走。

天蒙蒙光的时候,那贼来到一片树林子边上。觉得绳子一个劲地往后扯,不禁回头一看,不看不要紧,一看之下差点没吓死过去。原来手中牵了只老虎!只听他"娘嘞"一声,丢下绳子就往树林子冲去。可两脚没力,一身打摆子样。直吓得头上身上的斗笠蓑衣也"嗦嗦"

地跟着跳起几高。老虎一看介种架势,吓得转身就逃,一直跑到一座山下,见到一只猴子忙叫道:"猴哥!猴哥!救命!"

"什么事,介副样子?颈上还吊根绳?是不是猎人来哩?"猴子忙问。

老虎摇摇头,气喘吁吁地说:"是漏!""'漏'是什么?"猴子不解。"我也是听一位老人说的。"老虎叹了口气道:"说起来可怕,我本来想昨天晚上去偷一只牛吃,哪会想到,一进牛栏门还没来得及吃牛,一只黑乎乎的怪物就进来哩。它手里拿根绳,摸到我吊起就牵哩走。天光边子,我一看咯只漏啊,头顶尖尖,脑盖有斗大,长着一身粗粗的黑毛,双向生哩两只翅膀。发起脾气来就更加可怕。不是我跑得快,命就冇矣!"

猴子感到奇怪,想去见识见识。老虎不肯再去,猴子说自己愿意走前头,老虎才无可奈何地在背头跟着走。

再说那贼子以为今天必死无疑。冇想到咯久背后都冇响动,偷偷地向后面望了一眼,才发觉老虎走掉哩。但他还是不敢迟疑,怕老虎转来,忙跑到树林边吃力地爬到一棵大树上。

不一会儿,猴子和老虎来到了,一看,"漏"已经上哩树。猴子仔细一看,像个人,又不太像,就对老虎说:"你在树下看稳来,我上树去看个明白。不过,你先把绳子的一头吊紧我一只脚来。我要有危险,你就拖我逃跑。""我怎会晓得你危险不危险?""呃,有办法。你看我眼睛一眨,你就拖着我赶快走。"

说完,猴子开始爬树。那做贼的一看这种阵势,尿就吓出来哩。那猴子仰面往上爬,尿水刚好淋到它眼睛上。猴子的眼睛被尿水淋得睁不开,直眨巴着眼睛。那老虎一看猴子发出危险信号,把猴哥一下从树上拖下来,转身就跑。也不晓得跑出几远,一直跑得两脚懒得动才停下来。老虎回过头来看了看猴哥,那猴子早已被拖得龇牙咧嘴死掉咯久。老虎一看猴子咯副模样不觉火直往上冲,愤愤说道:"猴哥,猴哥,你嘛还笑得?我累得气都冇上哩!"

命该吃粥

邹源　搜集整理

　　从前，有两家亲家。一个家里生活还过得去；一个却穷得要命，吃了上顿难接下顿，家里头靠着儿子媳妇砍柴卖炭度日，可穷亲家有个毛病：死要面子，从来不肯在亲家面前露穷。冇米也要打三下空白。

　　有一天中午，那比较富的亲家突然来到穷亲家屋里，那穷亲家着了慌，早晨还是借人家的米下的锅呢。怎么办呢？眼看要吃中饭了，总不能把亲家赶出门去呀？他想着想着，忽然灵机一动，有了！他先招呼着亲家喝茶，喝了一会儿，转身进里屋提了把酒壶出来，对亲家说："亲家在此稍坐，我出门打壶酒去。"

　　话说这穷亲家出门打酒，不奔酒店却钻到村子上去借米。走了几家，好不容易才借到一升多米，跑回家就对亲家说："真冇造化，我想提米到酒店换壶酒去，老板又不在店里，真是抱歉，今天中午只有请亲家将就些。"他说完进厨房生火做饭，一想：做饭只够两人吃，有剩也不多，等下儿子媳妇回来吃什么呢？熬粥吧，不行！亲家来了怎么能吃粥！那太失脸面了。正在他为难之际，刚巧邻居的一只鸡从厨房门口走过。他一看到鸡心里就像开了把锁，把米倒进锅里，拿起捞饭的筲箕叫道："亲家！给我看住一下火，刚好我家的鸡回来了，今天中午酒又没打到，杀只鸡下饭吧。"说完，拿起筲箕就出门追鸡，鸡是别人家的，怎么追也追不回来，他就骂道："发瘟格！不回来，不回来我先打死你！"说着，一甩手把筲箕狠狠地扔了出去，可他不敢对着鸡扔，真的打死了，那不要赔吗？他只是把手往上一扬，那筲箕"刷"的一声直奔房顶飞去，他估摸着时间够了,就对厨房叫道:"亲家!快拿竹篱来!"那亲家跑出厨房一看,说:"亲家!你就别瞎忙了,饭都糊了。"穷亲家一听,暗自乐道:"什么?糊了哩!亲家,这真是命该吃粥,笊篱飞上屋喔!哈哈……"

阿古上门

万常茂　搜集整理

从前,有位农家女,姓袁叫美丽,年方二十,生来心灵手巧,聪明能干。只因父母之命,媒妁之言,嫁了个名叫阿古的蠢丈夫。

按当地乡俗,结婚的第二天,新姑爷要领着新娘子到丈母娘家吃"上门酒"。

美丽怕阿古在自己的娘家倒架子(失面子)出门之前再三交代阿古:"到了我娘家上席吃酒,我在你裤脚上吊根细绳子,我拉一下绳子,你方可动一下筷子吃一口菜,不要乱来!"阿古满口答应。

到了丈母娘家,打拱安席,阿古就座。看着满桌香喷喷的酒菜,阿古垂涎三尺,恨不得像饿虎下山,马上吃个精光。无奈老婆有言在先,不敢乱来,只好直吞口水。美丽拉一下绳,阿古吃一下菜,倒也显得斯文有礼。

酒过三巡,鱼肉骨头丢了满地,大狗、小狗在桌下啃骨头,东钻西窜,触动了绳子,喜坏了阿古,他想:"老婆恩准,让我多吃!"于是筷子不停拼命夹菜。狗碰绳子越扯越快,阿古吃得手忙脚乱,干脆端起盘子连菜带汤往嘴里倒,满桌的人都吓呆了。

美丽见此情景,急得跺脚捶胸"蠢人,你祖宗造孽,倒尽了架子!"

真是:一幕闹剧,洋相出尽,羞死新婚女人,气死岳父岳母双亲……

不宜动土

刘德海　搜集整理

新中国成立前，某村有一个财主很信迷信。他凡做一件事，总要先看看皇历。皇历上讲可以做的，他才敢行事；皇历上讲不行的，他从不越雷池一步。因此，他的儿子受他的影响，也十分迷信皇历。

一天，邻村一个财主请他去喝酒。他打开皇历一看，这天不宜从大门方向出去，否则太不吉利。大门不能出去，只好走后门，可是后门外恰好又有堵矮墙挡住了出路。为了赶到酒席，这个财主赶紧搬来一架短梯子靠在土墙上，当他爬上墙头正要翻过墙外面时，不料这堵墙由于久雨潮湿，忽然间全部倒塌了，所有泥土把他埋得只留出一个脑袋来。地主不得不一边挣扎一边连声呼叫："快来救命啦！快来救命啦！"

财主的儿子听见叫喊声，急忙从屋里跑出来，看见父亲埋在泥土里他又连忙返回房间里，打开皇历一看，只见上面写着"不宜动土"四个大字。财主的儿子只好跑出来对他说："爸爸，皇历上写了，今天不宜动土。"

骑驴背米

冯贤桂　搜集整理

传说上屋村二太爷有个儿子名叫"招宝",从小娇生惯养。嘴尖手笨,当地人背后叫他"笑宝"。

一天,笑宝到城里买了米,骑着驴子回家,笑宝觉得驴子驮得太重,便自言自语地说:"驴子太累,我帮它背轻一点,好让它歇歇脚。"于是将米袋挂在自己肩上,又骑着继续赶路。

笑宝见驴子仍然很吃力地走着。便对着驴子骂道:"无用的东西,我给你背轻了米,难道还想我背你吗……"

贪 官

冯贤桂　搜集整理　　讲述人：钟居湖

　　相传嘉庆末年，龙泉县有位贪官，表面上装得很清廉。刚上任时，曾对天发过誓言："办事主持公道，绝不得百姓半个冤枉钱，若左手接了，就烂掉左手，若右手接了，就烂掉右手。"

　　上任次年，有人送给他一对金首饰，他心里很想接下来，但又担心真的会烂掉自己的手。他妻子看出了他的心意，便给他想了个办法说："你的手不要接，只把金首饰放到你衫袖里，这样，即使要烂，也只烂掉你一只衫袖。"

　　贪官夸奖这个办法很好，便把这对金首饰接下来了。

俩妯娌比孝心

周濂　搜集整理

有妯娌俩,都说自己很孝敬公婆。一天她俩便比起对公婆的孝心来。

大嫂说:"家里每次吃肉,我特意煮一碗白菜给公公吃,因为他老人家上了岁数,吃肉容易塞牙齿,怕引起他牙痛。"

二嫂说:"那你还不如我,我常把差食留给自己,把美食留给婆婆。每餐我总吃没有滋味的白米饭,让婆婆吃又香又甜的饭汤粥,这样更容易消化。"

请客鸟

邹源　搜集整理

喜鹊,本是吉祥之鸟;而我们遂川人却叫它屎坑雕,视为不祥之物,只要此鸟一叫,忌讳多的人就不免心中惶惶,生怕有什么祸事降临到自己的头上。

有一天,一个老汉抱着他的小孙女在门前坐,刚好一只喜鹊飞落在门前的树上"喳喳"地叫。老汉的孙女就问:"爷爷!这是什么鸟?"老汉因为心里忌讳,就对孙女说:"那是请客鸟。""什么?"孙女不解地说:"是请客鸟?它是来请爷爷的吗?"老汉一听心里就像压了块石头,气得他狠狠地瞪了孙女一眼。小女孩连忙挣脱爷爷的怀抱,往家里跑去,一边跑一边叫:"不好了!爷爷眼睛都在翻白了。"

急性子

梁屯华　搜集整理　讲述人：梁远朗

　　从前，有一个急性子的女人，做事风风火火，故得绰号——"急性子"。

　　有一天深夜，门外来了一个寄口信的人，本来应寄吉信旨的信，而错寄急性子了。他在门外喊道："急性子，你母亲病危，要你今晚看她去。"她听后急忙从床上爬起，抱起小孩便走，途中经过西瓜田，不慎被西瓜撞脚跌倒了，小孩也跌倒在一边，她随手抱起又走。到了娘家。娘问："你深夜走来做什么？"她说："有人深夜寄信，说你病得很严重，因此急忙赶来看你。"娘说："打野话，没有的事。"娘看见女儿手里抱着一个大西瓜问："你来还抱着一个西瓜？"急性子一看呆了。怎么捧来一个西瓜？定神，想了一下："啊，原来我在西瓜田里跌了一跤，小孩脱手，我把西瓜当孩子了。"急性子有点害羞地说。突然她高声叫道："不好了，小孩还在田里会冻坏。"母女一同出门找小孩，走到田里一看，是一只枕头。小孩呢？想了一会儿，可能还在床上？回到家里，小孩果然还在床上睡着。

油盐辣椒姜

刘桂宝　搜集整理

从前，有一个小孩记性很差，他每做一件事，嘴里总是说个没完没了，生怕会忘记。一天，他娘叫他去买油、盐、辣椒、姜，他一路上就不停口地念着"油、盐、辣椒、姜……"忽然他被石头绊一下摔倒在地，等他爬起来那几句话，一个字也记不起来了，他想了一下："对，是纸钱、蜡烛、香。"于是又反复念着"纸钱、蜡烛、香"。往店铺走去，等他把东西买回来，妈妈哭笑不得。